세계의 명강의

세계의 명강의

copyright ⓒ 2010 리처드 칼슨 · 벤저민 실드

엮은이 리처드 칼슨 · 벤저민 실드 | 옮긴이 신혜경 | 1판 1쇄 인쇄 2010년 6월 15일 | 1판 1쇄 발행 2010년 6월
21일 | 발행인 신혜경 | 발행처 마음의숲 | 등록 2006년 8월 1일(105-91-03955) | 주소 서울시 마포구 서교동
464-46 서강빌딩 201호 | 전화 (02) 322-3164-5 팩스 (02) 322-3166 | 마음의숲 카페 cafe.naver.com/lmindbookl
기획 권대웅 | 편집 박희영, 유석천, 안은광 | 디자인 이지혜 | 마케팅 노근수, 김국현

ISBN 978-89-92783-32-3 03840

세계의 명강의

리처드 칼슨 · 벤저민 실드 엮음 | 신혜경 옮김

마음의숲

영적으로 충만한 책을 엮어 내기 위해 리처드 칼슨과 벤저민 실드는 시대의 스승들로부터 놀라울 만큼 다양한 의견을 수렴했다. 이 책의 저자들은 저마다 다른 배경을 가지고 있다. 그럼에도 불구하고 신과 삶에 대한 질문에 답할 때만큼은 많은 공통점을 보였다.

어떤 사람에게는 '신' 이라는 단어가 그저 하나의 용어에 지나지 않을 것이다. 또 어떤 이에게는 별다른 의미 없는 말에 지나지 않을 것이다. 나는 달라이 라마의 글을 읽고 깊은 감동을 받았다. 그는 '신' 이라는 단어를 직접 사용하지는 않았다. 다만 친절, 연민, 인내, 가슴과 머리의 조화, 그리고 우리 영혼의 핵심을 이루는 영적 생활의 중요성에 대해 이야기했다. 그가 1989년 노벨 평화상 수상자로 선정된 것은 세계를 위해 더없는 축복이 아닐 수 없다.

'평화의 스승인 아이들' 이라는 주제의 특별한 텔레비전 프로그램 촬영을 위해 그와 함께 얼마간의 시간을 보낼 수 있었던 것도 내게는 참으로 크나큰 행운이었다. 그는 무조건적인 사랑, 내적 평화, 기쁨, 친절, 연민, 인내, 그리고 하나인 우주에 대한 경험을 모두와 함께 나누었다.

반드시 신을 믿어야 할 필요는 없다. 하나 되는 경험을 하기 위해, '신'이라는 단어를 사용해야 할 필요도 물론 없다. 자아와 지성이 고개를 들어 신에 대한 인식을 분류하려 시도할 때, 우리는 종종 분리되었다는 느낌에 사로잡히게 된다. 하지만 오늘날 가장 뛰어난 세계의 스승들이 엮어낸 영적 지혜가 가득 담긴 이 아름다운 책은 우리에게 분명히 가르쳐 준다.

그들은 진심에서 우러난 목소리로 저마다 이야기한다. 그들의 이야기에 귀 기울이다 보면 어느새 서로 다른 언어와 서로 다른 은유를 사용해 하나의 공통된 목표로 나아가는 방법을 깨닫게 된다. 어떤 언어를 사용하든, 어떤 은유를 사용하든, 우리는 모두가 하나임을 깨닫는 것이다. 우리는 모두 한 가족인 것이다.

중요한 것은 우리의 생각과 행동, 삶의 방식과 경험이다. 우리가 사용하는 말이 아니다. 우리 존재의 근원이 사랑임을 믿을 때, 우리의 참된 정체성이 영적인 것임을 믿을 때, 우리가 맺는 관계들이 소중한 기회임을 보다 쉽게 이해하게 된다. 이를 통해 우리 안에 깃든 사랑의 빛을 경험하고, 우리가 보는 것이 곧 자신이 투영된 모습에 불과하다는 사실을 깨달게 되는 까닭이다.

이제 나는 '신'이라는 단어를 사용하는 것이 편안하게 느껴진다. 그럼에도 불구하고 솔직하게 인정하지 않을 수 없다. 아직도 다른 사람 앞에서 사용하기는 그리 쉽지 않다. 이 단어에 담긴 뜻에 대한 사람들의 인식은 무척 다르다. 그래서 단절이나 분리뿐만 아니라, 전쟁을 야기하기도 한다. 하지만 아무런 기대 없이 완전한 사랑을 서로 나눌 때, 비로소 인식할 수 있다. 우리가 맺는 모든 관계의 목적은 모든 사람 안에서 사랑의 빛을 발견하기 위함이라는 것을 말이다. 이 책을 읽으면서 이미 당신 안에 존재했던 빛이 다시 환하게 불타오르기를 기원한다.

저마다의 신비로운 경험들과 이것이 우리의 삶에 끼친 영향들에 대해 함께 이야기를 나눈다면 아마도 더 많은 참여와 이해를 이끌어낼 수 있을 것이다. 이러한 경험들은 우리에게 동기를 부여하기에 충분하다. 우리로 하여금 기꺼이 머리를 가라앉히고 가슴속의 고요한 자리로 깃들도록 만드는 것이다.

머리를 훈련할 때 우리의 목표가 내적 평화임을 분명히 하는 것이 좋은 출발이 될 수 있다. 세상의 일로부터 멀어지면, 그토록 밖에서 찾아 헤매었던 끝없는 사랑과 평화와 영적 충만이 항상 우리 안에 있었다는 사실을 깨닫게 될 것이다.

우리가 진정 누구인지, 우리의 목적은 무엇인지를 자신에게 거듭해 각인시켜라. 그러면 일궈 나가는 모든 관계에 무조건적인 사랑과 용서가 자리해 온 우주와 멋진 조화를 이루고 있음을 느끼게 될 것이다. 상처로 남았던 관계들이 치유되면, 세상에 빛과 평화가 깃들 것이다. 분리되었다는 환상이 사라지기 시작할 때, 우리가 하나라는 사실을 더욱 분명히 깨닫게 될 것이다. 우리가 존재하는 유일한 이유인 사랑을 경험하기 위해, 우리가 해야 하는 일은 세상 만물을 끝없이 사랑하는 것뿐이다. 신께서 우리에게 주신 그 사랑에 끝없이 감사하는 것뿐이다.

캘리포니아 소살리토
국제 태도 치료 센터 설립자
제럴드 잼폴스키

신과 우리의 관계는 우리 자신과 우리의 관계와 같다. 우리 안에 자리한 신성이 곧 우리의 본질적인 모습을 의미하기 때문이다. 우리가 신과 분리되어 있다는 생각은 의식이 만들어 내는 환상에 지나지 않는다.

그러나 환상은 강력한 힘을 지녔다. 때문에 우리는 그 안에서 길을 잃곤 한다. 인간은 이 세상이 아닌 다른 어딘가에서 왔을 것이라는 생각에서 헤어나지 못한다. 그렇지만 어디서 왔는지는 도무지 기억해 낼 수가 없다.

이 책은 길을 잃고 헤매는 우리에게 집으로 돌아가는 길을 알려 주는 한 장의 지도다. 우리가 본질적 자아로 돌아갈 수 있도록 도와주는 튼튼한 다리다. 그래서 우리가 누구인지 되새기게 하고 마침내 평화로운 마음으로 이를 기억하게 한다.

의식적으로 사랑과 연결되지 않으면 삶이란 두려움으로 가득 차게 마련이다. 이 책은 신을 사랑하는 것. 그리고 기꺼이 그분을 받아들였을 때 두려움을 떨쳐낼 수 있게 되는 것에 관한 이야기들을 담고 있다. 그 이야기들을 하나하나 읽어 내려가다 보면 어느새 집으로 돌아가는 우리의 여정을 따뜻하게 비춰 줄 등불을 간직하게 된다. 그리고 문득 '지금 이곳보다 더 나은 곳은 없다.' 는 말이 그저 마음을 잠시 달래기 위한 것이 아님을 깨닫게 된다. 옳은 길을 걷고 있음을 확신하기 시작하는 것이다.

'신' 이라는 단어는 신비한 힘을 지녔다. 뿐만 아니라, 자체만으로도 굉장한 선물이다. 그 안에 담긴 뜻을 위해 헌신하는 것. 우주를 지배하고 우리 안에 자리하는 순수하고 전능한 사랑을 위해 헌신하는 것. 이는 곧 신성과 보다 큰 자아에 대한 경험이 하나로 녹아드는 것이다. 이것은 영적 수행자들의 목표이기도 하다. 또한 이 세상을 구원할 유일한 희망이다.

우리는 쉴 새 없이 변화하는 시대에 살고 있다. 신의 사랑이 우리를 치유하도록 허락한다면, 그리하여 분리되었다는 고통스런 환상에서 깨어난다면, 우리는 구원받고, 우리의 후손은 안전할 것이다. 우리 앞에 놓인 임무는 무엇과도 바꿀 수 없는 소중한 선물이 아닐 수 없다. 이 책에 담겨 있는 사랑의 마음은 우리에게 자꾸만 말을 건다. 그리고 자꾸만 손을 내민다. 우리를 집으로 이끌어 주기 위함이다. 그러니 이제 감사하는 마음으로 이 책이 들려주는 이야기에 귀 기울여 보자.

「A Woman' s Worth」, 「Return to Love」의 저자
메리앤 윌리엄

차례

소개의 글

모든 종교적 가르침의 공통분모를 다시 한 번 되새기는 것. 이것이 바로 이 책을 내는 가장 큰 목적이다. 이를 위해 세계를 이끌어 가는 종교적, 정신적 지도자들의 주옥같은 글을 한곳에 모았다. 그들이 하루하루의 일상 속에서 매 순간 느끼고 경험한 신과의 이야기를 함께 나눌 수 있는 자리를 마련했다.

이 책을 읽게 된 우리는 분명 모두가 축복받은 사람들이다. 일생 동안 이어질 영적인 여정에 등불이 되어 줄 스승들과 지혜가 가득 담긴 책들, 소중한 말씀들을 만났으니 말이다. 책에 담긴 하나하나의 이야기에 귀 기울이다 보면, 신과 우리 자신에 대해 좀 더 많이 배울 수 있을 것이다.

이 책을 엮으면서 저자들이 신과의 관계를 발전시킬 수 있도록 많은 이들을 도우려 애써 왔음을 알게 되었다. 하지만 선한 의도에도 불구하고, 조직이나 단체의 특성상 여러 곳에서 받아들여지지 못했다는 사실 또한 알게 되었다. 이 책을 통해 사랑에서 우러난 그들의 노고가 마침내 열매 맺기를 소망한다. 그들의 바람처럼, 모든 이의 마음속에 깃든 능력이 꽃 피어나기를 기도한다. 그리해 저마다 신과의 아름다운 관계를 일궈 나갈 수 있기를 꿈꾼다.

『세계의 명강의』는 인생의 모든 요소들 중에서 가장 기초적인 바탕을 이루는 것이 종교라는 전제하에 만들어졌다. 이러한 토대를 강하게 하는 까닭은 더욱 독실하고 이론적이며 희생적인 삶을 살아가기 위해서가 아니다. 다만 우리 삶의 모든 부분이 신과 연결되어 있음을 진심으로 이해하기 위함이다.

책 속의 저자들은 이를 염두에 두고 자신의 견해를 표현했다. 저마다 신과 어떻게 친밀한 관계를 일궈 나갔는지, 그 관계를 어떻게 발전시켰는지, 자신의 삶과 인간관계와 직업에 어떻게 투영시켰는지 이야기했다. 가장 중요한 것은, 이들이 보다 높은 존재와 좀 더 가까워질 수 있는 방법을 일러 준다는 점이다.

어떤 이는 하느님이라 칭했고, 어떤 이는 위대한 정신이나 높은 차원의 힘이라 칭했으며, 어떤 이는 본질이라 칭했음에도 불구하고, 여러분은 분명히 이해할 수 있을 것이다. 그 저변에 흐르는 공통분모가 언뜻 다르게 보일 수 있는 믿음을 하나로 묶어 준다는 사실을 말이다. 우리를 하나로 묶어 줄 정신적인 토대를 마련하는 것. 그것이 바로 이 책이 지향하는 바다.

이 책의 저자들과 만나고 그들의 가르침에 대한 살아 있는 예를 발견하는 모든 과정은 그야말로 놀라운 경험이었다. 그들은 시간과 생각과 많은 예들과 인내심을 기꺼이 내주었다. 하지만 아무것도 바라지 않았다. 살아가며 깨닫게 된 소중한 것들을 수많은 독자들과 함께 나눌 기회, 그 자체를 무엇보다 중요하게 여길 뿐이었다.

다시 한 번 당부하건데 이 책을 엮은 까닭은 특정한 관점을 내세우기 위해서가 결코 아니었다. 다만 좀 더 많은 사람들이 성장하고, 좀 더 많은 깨달음을 얻으며, 우리가 사는 세상의 아름다움을 좀 더 느낄 수 있기를 소망했다.

이 책의 수익금 상당 부분은 유엔에 자선기금으로 기부될 것이다. 이 또한 좀 더 많은 이들의 삶에 긍정적인 영향을 끼칠 수 있기를 소망한다.

리처드 칼슨 · 벤저민 실드

chapter 1

깨어 있는 정신

The Awakening Spirit

신은 동사다.
버크민스터 풀러

사랑, 연민, 그리고 인내

사랑과 연민, 인내는 사치스러운 것이 아니다.
물과 공기와 태양처럼 반드시 필요한 것이다.
이런 것 없이는 결코 살아갈 수 없기 때문이다.

달라이 라마

달라이 라마

제14대 달라이 라마인 텐진 갸초는 티베트의 정신적 지도자이다. 1935년 7월 6일 티베트 남동부의 작은 마을 탁사르에서 농부의 아들로 태어났으며, 본명은 라모 돈드럽이다. 두 살 때 티베트의 전통에 따라 제13대 달라이 라마의 현신, 곧 자비의 부처님인 관세음보살의 화신으로 인정받았다. 중국의 티베트 침략 9년 뒤인 1959년 인도 다람살라로 망명했다. 그리고 오늘날까지 티베트 망명정부를 이끌고 있다. 평화, 인권, 환경보호를 위해 헌신한 노고를 인정받아 수많은 대학에서 명예 학위를 받았다. 종교와 정치의 장벽을 뛰어넘어 전 세계를 돌며 평화와 연민에 대한 강연을 한다. 1989년 노벨 평화상을 받았다.

사랑과 연민, 인내는 세상 모든 종교의 본질이다. 나의 진정한 믿음 또한 이러한 자애로움 속에 깃들어 있다. 일상 속에서 당신은 반드시 자애로운 사람이 되어야 한다. 교육을 받았는지, 내세를 믿는지, 종교를 가졌는지 여부와는 상관없이 반드시 그리해야 한다. 자애로움에서 비롯된 행동을 한다면 어떤 직업을 가지고 어떤 분야에서 일을 하는가는 조금도 중요하지 않다. 내면 깊숙한 곳에 '자애로운 사람'이 자리 잡고 있는 것만으로 충분하다.

　사랑, 연민, 그리고 인내는 사치스러운 것이 아니다. 물과 공기와 태양처럼 반드시 필요한 것이다. 이러한 것들 없이는 결코 살아갈 수 없는 까닭이다. 만일 어떤 믿음이나 종교를 가지고 있다면, 그것은 분명 좋은 일이다. 하지만 그렇지 않다고 해도 별다른 문제없이 살아갈 수 있다. 사랑과 연민, 인내를 가지고 있다면 얼마든지 가능하다. 다른 사람을 가엾게 여겨, 인내를 가지고 손을 내밀며, 마침내 진정한 사랑을 베푼다면, 이것이 바로 신을 사랑하고 있다는 명백한 증거이기 때문이다.

다른 이의 행복을 빌며 사랑을 베풀고자 한다면 아주 특별한 이타심을 지녀야 한다. 그리해 다른 이의 짐을 기꺼이 나누어 질 수 있어야 한다. 그러자면 우선 마음속에 크나큰 연민이 자리 잡아야 한다. 다른 이의 아픔을 외면하지 않고 작은 힘을 보탤 수 있어야 한다. 살아 있는 모든 것을 관찰하고 이들의 행복을 기원하는 크나큰 사랑이 바로 연민이 지닌 강력한 힘의 원천이다. 모든 사람 안에서 기쁨을 찾고 모든 사람의 행복을 기원할 수 있어야 한다. 무엇과도 바꿀 수 없는 소중한 자식을 대하는 어머니처럼 말이다. 지금까지 살아오는 동안 당신에게 가장 친절했던 사람을 떠올려 보라. 그리고 그 사람을 바라보는 고마운 눈길로 세상 모든 이를 바라보라. 그러면 세상 모든 이들이 더없이 친밀하고 소중하게 느껴질 것이다.

모두의 마음속 깊은 곳에 인간에 대한 깊은 애정이 자리 잡아야 한다. 동시에 세상 모든 관념과 체계 앞에서 그 마음을 열어야 한다. 인류에게 닥친 문제들을 풀어내기 위해서는 반드시 그리해야 한다. 하나의 지역, 하나의 나라, 하나의 관념, 하나의 체계만으로는 충분하지 않다. 인간성에 기초를 둔 다양한 접근 방법이 훨씬 더 도움이 된다. 인류의 문제를 풀기 위해 함께 노력해야 한다. 그러면 훨씬 더 좋은 답을 찾아낼 수 있다.

모든 종교는 사랑이라는 같은 정신과 영적 수양을 통해 소중한 것을 이뤄 내려는 목적, 궁극적으로 신자들을 보다 나은 인간으로 만들어 내는 효과를 가진다. 모든 종교는 마음과 몸, 말의 작용을 보다 완전하게 만들기 위한 도덕적인 규율을 가르친다. 거짓말하지 말고, 도둑질하지 말고, 살인하지 말라고 이른다. 위대한 스승을 통해 이어져 내려온 모든 도덕적인 규율은 인간의 본성이란 본디 이타적이라고 입을 모은다. 이러한 스승들은 자신을 따르는 이들이 어리석음으로 말미암아 그릇된 길을 걷게 되지 않기를 바란다. 또한 선한 길로 이끌기 위해 애쓴다. 모든 종교는 다른 종교로부터 배움을 얻을 수 있다. 모든 종교의 궁극적인 목표는 더 나은 인간을 만들어 내는 것이다. 더 많은 인내심과 연민, 그리고 훨씬 적은 이기심을 가진 인간을 말이다.

인간에게 필요한 것은 물질뿐만이 아니다. 정신적인 자양분 또한 이것 못지않게 중요하다. 정신적인 자양분 없이는 마음의 평화를 얻고 유지하기가 쉽지 않다. 종교의 목적은 최고를 가려내는 것이 아니다. 지난 수 세기 동안 인간을 구원해 온 것은 위대한 스승을 통해 전해진 훌륭한 가르침이었다. 그러니 친구가 되고 서로 이해하며 인류를 지켜 내기 위해 힘을 모으는 편이 쓸데없는 논쟁을 벌이는 것보다 훨씬 나을 것이다. 부처님과 예수님과 다른 모든 위대한 스승들은 사랑과 자애로움에 기반을 둔 저마다의 이념과 가르침을 창조했다. 그리고 모든 인류의 이익을 위해 이것을 다른 사람들과 함께 나누었다. 비록 서로 다른 형식을 취하고 있기는 하나, 우리를 곤란하게 만들기 위해 그리한 것이라 생각지는 않는다. 인간의 본성은 새로운 접근 방법에 매력을 느끼는 법이다. 그러니 다양함 속에 오히려 진정한 풍요가 깃들 수 있는 것이다.

불교의 세계와 만나는 방법에는 두 가지가 있다. 믿음과 이성이 바로 그것이다. 믿음 하나만으로는 충분하지 않을지도 모른다. 부처님은 항상 지혜와 측은한 마음의 균형을 강조했다. 모든 일에서 좋은 머리와 좋은 마음이 함께 움직여야 하는 것이다. 지적인 것만을 중요하게 여기고 마음을 무시한다면, 더 많은 문제들이 야기될 수 있다. 그러면 세상은 훨씬 더 살기 힘든 곳이 될 것이다.

반대로 오직 마음만을 강조하고 머리를 무시한다면, 인간과 동물 사이에 다른 점을 찾기 힘들게 될 것이다. 그러니 두 가지는 반드시 균형을 이루어야 한다. 그렇게 될 때 비로소 훌륭한 정신의 발달과 함께 물질적인 진보를 이뤄 낼 수 있다. 그뿐만이 아니다. 조화를 이룬 마음과 지성은 훗날 진정한 인류 평화와 우정의 산실이 될 것이다.

어디에 있든지 나는 자애로움과 연민과 진정한 인류애에 대한 마음을 전하는 것을 임무라 여긴다. 그래서 수행을 멈추지 않는다. 이로 인해 지금의 나는 더욱 행복하며 더 많은 것을 이뤄 낼 수 있다. 만일 분노와 질투와 괴로움을 수행한다면 나의 미소는 바람결에 흩어지는 한 줌 먼지처럼 흔적도 없이 사라지고 말 것이다. 의심할 여지가 없는 일이다.

분노, 질투, 초조, 그리고 증오는 언제나 수많은 문제를 만들어 낸다. 이러한 것들을 마음속에 품고서는 어떤 답도 찾을 수 없다. 물론 일시적으로는 뭔가를 얻어낼 수 있을지도 모른다. 그것도 순식간에 말이다. 하지만 결국 증오나 분노로 말미암아 더 큰 문제가 생겨나게 된다. 연민과 정직, 좋은 동기를 간직한 채 문제와 마주하면 해결하는데 더 오랜 시간이 걸릴 지도 모른다. 하지만 궁극적으로는 더 나은 답을 얻게 될 것임에 틀림없다.

새로운 사람을 만날 때 나의 마음속에는 어떠한 장벽이나 장막도 존재하지 않는다. 인류의 한 사람으로서 당신은 나의 형제고 자매다. 모두 같은 사람일 뿐이다. 나는 오랜 친구와 얘기를 나누듯 당신과도 그리할 수 있다. 이러한 느낌을 간직한다면 우리는 이 세상 그 누구와도 대화할 수 있다. 어떠한 차별도 없이 마음과 마음으로 소통하게 되는 것이다. 서로를 위한 진실한 마음과 이해로부터 진정한 인간관계가 비롯된다. 이러한 인간관계의 토대 위에서 상호 간의 신뢰와 존중의 씨앗이 뿌리를 내리고 싹을 틔운다. 그리해 마침내 다른 이의 고통을 보듬어 안고 인간 사회와 조화를 이루는 아름다운 열매를 맺을 수 있게 된다. 이것이 바로 자애로움이다. 내가 꿈꾸는 마음이다.

창조적 정신

최선을 다할 때 나의 일은 나의 기도가 된다.
이 또한 기도와 같이 마음속 깊은 곳에서 비롯되기 때문이다.

매튜 폭스

매튜 폭스
　　　　　　캘리포니아 주 오클랜드 창조 영성 대학교 설립자이며 총장을 역임했다.
'원형적 축복'에 바탕을 둔 신학 안에서 생태학, 우주론, 정의, 신비주의를 결합한 창조 영성 전통
의 회복으로 잘 알려져 있다. 문화와 영성에 관한 28권의 책을 냈다. 파리 가톨릭 대학에서 역사와
신학 박사 학위를 받았다. 원래는 도미니크회의 수사였으나 1994년부터 성공회 목사로 재직 중이
다. 1995년에는 평화 단체인 Peace Abbey가 수여하는 Courage of Conscience Award를 수상하기도
했다. 지금도 강연과 글쓰기를 계속하고 있다.

기억나지도 않을 만큼 어렸을 때, 처음으로 하느님을 알게 되었다. 나는 독실한 가톨릭 가정에서 성장했다. 언제나 부모님과 여섯 명의 형제자매들이 함께였다. 열두 살 되던 해, 소아마비에 걸렸다. 그리고 걸을 수 없게 되었다. 여러 달 동안 병원에서 지냈는데 내가 다시 걸을 수 있을 것이라 생각한 사람은 한 명도 없었다. 그 무렵 나의 꿈은 축구선수가 되는 것이었다. 하지만 일상의 다른 많은 것들과 함께 그 꿈도 접어야만 했다. 어른들과 달리 어린 아이들은 죽음을 정면으로 바라본다. 그렇기 때문일 것이다. 이 모든 경험은, 어린 나를 크게 성장시켰다.

　훗날, 다시 다리를 쓰게 되었고 축구와 같은 다른 일도 할 수 있게 되었다. 그러자 한때는 너무나도 당연하게 여겼던 일들에 대한 감사로 가슴이 벅차올랐다. 걷는 것도, 달리는 것도, 공을 차는 것도, 모두가 눈물겹게 감사하기만 했다. 그때부터 가슴속에 진심 어린 감사의 마음이 자리 잡았다. 지금 여기에 존재하며 묵묵히 제 역할을 해내는 세상 모든 것들을 귀하게 여기게 되었다.

그 무렵, 성직자가 되겠다는 생각이 자리 잡기 시작했다. 많은 것들이 이러한 결정에 영향을 끼쳤다. 기도를 올릴 때는 아름다운 호수와 들판, 그리고 숲이 나를 감싸 주었다. 토요 미사에서는 사제들이 읽어주던 구약 성서의 지혜문학을 접할 수 있었다. 그 안에는 성모 마리아에 대한 남녀 평등적이고 우주론적인 생각들이 담겨 있었다. 이러한 구절들은 나의 영혼을 흔들어 깨웠다. 이러한 생각을 찾아볼 수 없던 1950년 대였음에도 불구하고 말이다.

그리고 음악이 있었다. 고등학교 때 처음으로 베토벤의 곡들을 들었다. 이를 통해 나의 영혼은 한 단계 도약할 수 있었다. 문학도 있었다. 셰익스피어의 작품들도 훌륭했으나 그중 으뜸은 톨스토이의 『전쟁과 평화』였다.

기도를 통한 체험은 신비적이며 예언적이었다. 신비롭게도 삶을 사랑하게 되었다. 예언적이게도 부당함이 고개를 들 때마다 고난을 겪었다. 신비와 예언, 기쁨과 고난은 신에 대한 나의 영성과 체험을 창조하는 두 축이 되어 주었다.

하느님께 이르는 길은 수없이 많다. 그중 첫 번째는 긍정의 길이다. 13세기 신학자 마이스터 에크하르트는 이를 '있음'이라 일컬었다. 풀잎 하나를 통해 그 안에 깃든 수십억 년의 세월과 색깔, 모양과 형태를 체험할 수 있다. 예술가도 같은 일을 할 수 있다. 풀잎을 그리며 그 안에 깃든 신성을 담아낼 수 있다. 우리는 하나의 행성과 한 마리의 개와 한 사람의 친구를 체험하며 경외감을 느낄 수 있다. '존재'하는 것은 무엇이든 거룩하다. 하느님은 바로 그곳에 머무르시며, 바로 그곳에서 말씀하신다.

신성의 경험은 지극히 단순한 일이다. 또한 어디에나 존재한다. 문제는 우리의 의식이다. 의식을 단순화시킬 필요가 있다. 그리해 세상 어디에나 존재하는 신성의 경외감을 경험할 수 있어야 한다. 모든 것들의 고향으로 돌아갈 수 있어야 한다.

두 번째는 부정의 길이다. 어둠이며 공허함이며 무의미함이며 결핍이다. 스스로 고통받거나 다른 이의 고통을 지켜볼 때, 혹은 의심하거나 체념할 때 직면하게 되는 아주 중요한 체험이다. 체념의 과정에는 항상 가라앉는 기분이 동반된다. 끝없이 가라앉는 동안에는 언제 바닥을 치고 다시 위로 떠오를 수 있을지 도무지 알 수 없다. 하지만 하느님께서 '내가 길이다.'라고 말씀하셨듯이, 가라앉는 길 또한 신성한 체험이다. 큰 신뢰가 필요하다. 어둠도 신성함의 또 다른 표현이기 때문이다. 하지만 말로 나타낼 수는 없다. 궁극적으로, 이는 침묵이다. 하느님과 합일을 가능하게 하는 침묵이다.

　세 번째는 창조의 길이다. 도약이다. 에크하르트는 이를 '약진' 이라 불렀다. 바닥을 박차고 위로 떠오르는 것이며, 어둠에서 벗어나는 것이며, 캄캄한 터널을 헤치고 나와 빛을 향해 나아가는 것이다. 십자가에 못 박혀 돌아가신 예수께서 부활하는 것이다. 짓누르고 있던 돌이 치워지고, 무덤이 열리는 것이다. 가라앉는 동안에 우리는 어깨를 짓누르던 것들을 내려놓았고, 마음을 채웠던 것들을 비워 냈다. 그러니 이제 새로운 것들을 받아들일 준비를 마친 셈이다. 세 번째 길은 새로움이다. 바로, 창조성이다.

　글을 쓰는 사람으로서 때로 나는 훨씬 더 뛰어난 정신을 위한 도구이며 통로이며 연결고리에 지나지 않음을 깨닫는다. 나를 통해 진실한 어떤 것이 모습을 드러내는 것이다. 부분적으로는 부정의 길에 의해 온전히 비워내 주위의 모든 것으로부터 자유로워졌기에 가능한 일일 것이다. 인간에게 창조의 길이란 신성의 강력한 체험이다. 정도의 차이가 있을 뿐, 우리는 모두 이러한 체험을 했다. 모두가 창조된 존재이기 때문이다.

　네 번째는 변모의 길이다. 이는 사회에 상상을 가져다준다. 독창력과 새로운 기쁨, 새로운 부활의 힘을 가져다준다. 예언자의 일이다. 좋은 소식을 전해 평화를 흩어 놓는 것이다. 토마스 아퀴나스는 이를 일컬어 '묵상의 열매를 나눈다.' 고 했다. 하지만 모두가 묵상의 열매를 들을 수 있기를 갈망하는 것은 아니다. 사람이란 누구나 물질적이고 사회적인 구조 속에서 살아가기 마련이기 때문이다.

이것은 고난의 길이다. 연민과 축복의 길이다. 삶에서 다시 기쁨을 얻고 아이의 눈으로 바라보게 하는 길이다. 놀라움과 경외, 경이의 눈으로 풀잎의 단순함을 바라보는 것이다. 물질적, 사회적으로 우리를 억누르는 구조에 용감하게 맞서는 것이다.

어떤 시들을 읽었는가? 어떤 음악에 감동했는가? 어떤 사회적 문제에 열정적인가? 어떤 일을 가장 사랑하는가? 에크하르트는 '참된 일이란 매혹적'이라고 말했다. 언제 매혹적인 감정에 휩싸이는가? 언제 자신이 우주의 일부라고 느껴지는가? 어디서 지극한 기쁨을 느끼는가? 그리고 언제 어둠과 공허함을 맛보는가? 이 모든 물음에 답을 하다 보면, 하느님과 친밀한 관계를 맺어가는 당신만의 방식을 발견할 수 있을 것이다.

나는 모든 체험을 존중한다. 우뇌를 사용해 그림을 그려 보기를 권한다. 나는 종종 사람들에게 열 살, 스무 살, 서른 살일 때의 하느님에 대한 체험을 그려 보라고 청한다. 그리고 세 종류의 체험 사이의 관계를 곱씹어 보라고 부탁한다. 하느님의 이미지가 어떻게 변모했는지 살펴보길 권한다. 슬프게도, 대부분은 여덟 살 때 가졌던 하느님의 이미지를 어른이 된 지금도 그대로 간직하고 있다. 그들의 정신이 아직도 성숙되지 못했다는 뜻이기도 하다.

우리는 너무나도 물질적인 사회 속에서 살아간다. 그리해 '하느님과의 개인적인 관계'를 맺기가 쉽지 않다. '개인적'이라는 단어에는 하느님과 대화를 나눈다는 의미가 함축되어 있다. 물론 두 다리를 가진 인간의 머리에서 나온 생각이다. 신성의 인격화는 위험성을 내포한다. 우리는 말하는 것만큼 귀 기울일 필요가 있다. 시대의 영광과 아픔에 꼭 같이 귀 기울여야 한다. '하느님과의 개인적인 관계'라고 말하는 대신, '개인적인 우주론'이라는 용어를 사용하고 싶다. 우리 안에 머무는 각각의 존재와의 관계라는 의미에서다. '우리는 하느님 안에 머물고 하느님은 우리 안에 머무신다.' '우리'란 두 다리를 가진 창조물이 아니라 온 우주, 모든 창조물을 의미한다. 모든 것 안에 깃든 하느님의 존재로 인해 다시 기쁨을 얻는 방법을 배워야 한다.

나는 '개인적'이라는 말을 위험하게 여긴다. 젊은이들의 교우관계에 국한된 어떤 것처럼 느껴지기 때문이다. '나를 좋아할까?'라는 생각이 그 안에 담긴 전부이다. 이러한 생각은 종교에도 그대로 투영된다. '예수께서 나를 사랑하신다.'가 바로 그것이다. 이는 어른스러운 신비주의적 생각이 아니다. 우선, 충분히 아이답지 못하다. 아이들은 즐겁게 뛰노는 우주의 일원이다. 진정 신비로운 어른은 아이의 내면을 회복하고 개인적인 우주 속에서 흥겹게 뛰어놀 줄 안다. 하지만 이들은 하느님을 일종의 파트너로 창조하지 않는다. 독자적인 삶을 잃어버린 동반자로도 여기지 않는다.

최선을 다할 때, 나의 일은 나의 기도가 된다. 이 또한 기도와 같이 마음속 깊은 곳에서 비롯되기 때문이다. 모든 일은 마음의 일이어야 한다. 마음속 깊은 곳에서 우러나고, 다시 마음속 깊은 곳으로 깃들어야 한다. 모든 진정한 일은 다른 사람의 마음을 움직이는 법이다. 그리고 인간이 필요로 하는 것들을 창조하기에 적합한 음악에서부터 진정하고 건강한 종교에 이르기까지 광범위하게 존재한다. 일이란 어른들이 다음 세대를 위하여 이곳에 존재하는 축복에 보답할 수 있는 방법이다. 일은 관계다. 우정이나 공동체나 친교와 같은 다른 관계들 또한 마음 깊은 곳에서 비롯되기를 소망한다.

어찌하면 마음 깊은 곳에 닿을 수 있을까? 첫 번째, 두 번째, 그리고 세 번째 길을 통하면 가능할 것이다. 특히 두 번째와 세 번째 길이 서로 만나는 부분에서 답을 찾을 수 있다. 어둠의 공허함과 창조성 사이에 마음의 깊이를 체험할 수 있는 지극히 고요한 공간이 존재한다. 빛과 은혜로움이 폭포처럼 쏟아지는 바로 그곳에 말이다. 그러면 이 모든 것들이 모든 관계들 속에 흘러넘치게 된다.

나는 기도할 때, 인디언들의 기도 방법을 따르기도 한다. 내가 올리는 모든 기도 방법 중에서 가장 기초적이며, 가장 근본적인 형태다. 수천 년 동안 이어져 내려왔으며, 우리에게 큰 도움이 되는 방법이기도 하다.

인디언들은 언제나 자신들이 맺는 모든 관계들을 축복했다. 대지와 바위와 새들과 나무와 구름과 모든 종교와 모든 인종의 모든 사람들을. 또한 신성함과 영혼들과 맺은 모든 관계들을 말이다. 하지만 인간 중심적인 문화 속에서 '관계'라 함은 친척이나 연인이나 두 다리가 달린 생명체와의 관계를 의미한다. 하지만 참으로 신비로운 전통은 속삭인다. 모든 관계들은 자궁을 빠져나오는 순간 비롯되었다고. 부정의 길을 통해 우리는 아늑한 그곳으로 되돌아갈 수 있다. 어둠과 공허함의 체험을 통해 창조의 길로 나아갈 수 있는 것이다.

개인적인 우주론을 체험하기 위해 다시 아이가 되어야 한다. 우주를 무대로 즐겁게 뛰놀아야 한다. 모든 위대한 스승들이 믿으라고 말했듯이 우주가 친절함을 믿어야 한다. 온 우주가 끊임없이 우리를 축복하고 있다. 그러니 자신을 의식하지 마라. 기뻐하고 뛰노는 법을 다시 배울 수 있다면 다시 지혜로워질 것이다. 이것이 바로 기나긴 인생 여정과 이 우주를 통해 신과 동행하는 방법이다.

머나먼 귀향

우리가 신성 하다고 생각하는 것들은 사실
우리가 행하는 모든 것 안에 자리한다.

리안 아이슬러

리안 아이슬러

세계적으로 인정받는 인류학자, 미래학자, 행동주의자다. 남편인 사회과학자 데이비드 로이와 함께 캘리포니아 퍼시픽 그로브에 공동협력 연구소를 설립했다. 문화역사학자이기도 하다. 진화론 연구, 페미니즘, 인권, 평화운동 등을 결합한 여러 전문 분야에 걸친 접근을 모색한다. 여성에 대한 연구와 역사를 담은 역작, 『성배와 칼 : 우리의 역사, 우리의 미래』를 저술했다. 애슐리 몬터규는 이 책을 '찰스 로버트 다윈의 『종의 기원』 이래 가장 중요한 책'이라고 극찬했다.

나는 줄곧 창조주를 '남신'이라 생각해 왔다. 하지만 이제 인격화된 신성에 대해 생각할 때 '남신'보다는 오히려 '여신'을 떠올린다. 우리가 살아가는 이 사회는 신성에 깃든 모성적 측면을 부정한다. 그리고 바로 이것이 인간관계 형성의 가장 큰 장애물로 작용한다.

　삶이란 신과 하나 되기 위한 경험을 추구하는 영적 여정이라 생각한다. 그 여정은 우리가 태어나는 순간 시작된다. 하지만 이에 관한 정의는 실로 다양하다. 난 영적 여정이 우리를 삶과 분리시킨다고 생각했다. 깊고 깊은 산 속에서 수행을 거듭하는 현자처럼 말이다. 하지만 이제는 궁금하다. 얼마나 현명해야 인간관계로부터 자신을 떼어 낼 수 있을까?

종교의 이름으로 우리는 너무나도 자주 영성의 핵심에서 비켜서왔다. 무슨 까닭 때문일까? 바로 이 질문에서 여신에 기초한 선사시대 사회에 관한 나의 연구가 시작되었다. 답을 찾기 위해 선사시대를 포함한 모든 역사와 인류 전체를 살펴봐야 했다. 그 결과 우리의 영성을 확인하고 핵심에서 멀어진 까닭을 설명해 줄 그림 한 장을 발견했다. 우리가 창조와 보살핌, 인식과 공감에 대한 잠재력을 타고났다는 사실도 알게 되었다.

나의 여정은 어린 시절부터 시작되었다. 나는 오스트리아 빈의 유대인 가정에서 태어났다. 그리고 나치가 권력을 잡은 뒤에 쿠바로 갔다. 그곳에서도 부모님은 유대 전통을 고수했다. 가족과 함께 올렸던 기도는 가장 소중한 유년의 추억 중 하나다. 어머니는 안식일을 위해 빵을 구웠고, 안식일마다 촛불을 밝혔다. 유대 전통에 따라 촛불 너머에서 기도를 올리는 여인을 본 적이 있는가? 어머니는 두 손을 원을 그리듯 천천히, 그리고 아름답게 움직였다. 그 움직임은 여성들이 행해 온 고대 의식의 일부였음이 분명하다. 하느님이 오직 남성이고, 남성들만 성직자가 될 수 있게 되기 훨씬 이전부터 말이다.

나는 아버지와 함께 기도하는 것도 무척 좋아했다. 매일 저녁, 우리는 히브리 어로 '쉐마 이스라엘' 기도를 했다. 유감스럽게도 아직 그렇지만 그때 나는 히브리 어가 뜻하는 바를 알지 못했다. 그럼에도 불구하고 그 기도는 충분히 신비롭고 매력적이었다. 아버지와 내가 끈끈한 사랑으로 이어진 까닭이었다. 기도를 올리며 우리는 영적인 순간을 함께 나누었던 것이다.

아이였을 때 난 특별한 종교적 배경을 갖고 있었다. 비엔나에서 난 유대교 신자였지만 '동화된' 가족 안에서 종교란 그저 삶의 일부에 지나지 않았다. 쿠바에서도 물론 유대교 신자였다. 하지만 그곳은 가톨릭 국가였고, 난 감리교 학교에 다녔다. 다른 모든 사람들처럼 예배에도 참석해야 했다. 그래서 아버지는 내게 유대인이라는 사실을 가르치기 위해 랍비를 고용했다.

내가 성모 마리아께 몹시 끌리자 부모님은 무척 당황했다. 유대인 아이였던 나도 당황스럽기는 마찬가지였다. 하지만 이제는 이해한다. 그것은 성모 마리아께서 위대한 여신의 유일한 흔적이기 때문이었다. 우리 모두에게 생명을 주신 분이기 때문이었다. 그분은 여전히 하느님의 어머니이니. 안 그런가?

열네 살 되던 해, 전쟁이 끝났다. 나는 정치범 수용소에서 일어난 일들을 소개하는 뉴스 영화를 보았다. 그때 내 유년의 신은 죽었다. 그것은 신이 아니라 나에게 너무나도 고통스런 죽음이었다. 의식을 통해 신과 만나 온 터라 많은 감정들을 간직하고 있었기 때문이다. 이제는 초를 밝히고 빵을 굽는 여성들의 역할을 이해한다. 그것은 여성 사제와 여성들이 남성의 중개 없이 직접 신성과 함께할 수 있는 힘이 부여되었던 때부터 보존되고 존중되어 온 신성한 행동이다. 빛을 주고 삶의 자양분이 되었던 신성한 행동들이다.

당시에는 어느 것 하나 이해하지 못했다. 다만 그때까지 우리가 종교라고 부르는 것에 대해 배웠던 오래되고 익숙했던 모든 생각들이 한순간에 빛을 잃고 말았다. 그래서 나는 고독한 영적 여정에 올랐다. 문득문득 고통이 엄습해 왔다. 동떨어져 홀로 그 길을 걷고 있다고 느껴졌기 때문이다. 그럼에도 불구하고 나는 분명 신성과 연결되어 있었다.

이 여정을 위해 유대교 회당이나 교회에 갈 필요가 없다는 사실을 깨달았다. 점차 명상이나 단식과 같은 다른 일들을 시도했다. 그러면서 우리 모두가 우주의 중심이며, 우주의 가장 중요한 부분이라는 사실을 이해하기 시작했다. 이성으로는 결코 이해할 수 없는 크고 신비로운 실재에 직접 닿을 수 있다는 사실을 경험을 통해 느끼기 시작했다.

아버지이며 왕인 하느님만을 섬긴다면, 여성으로서 비참한 상황에 처할 수 있다는 사실도 천천히 이해하기 시작했다. 남신과 일궈 나갈 수 있는 관계는 간접적인 것뿐이기 때문이다. 여성으로서 우리가 자기 안에 깃든 신성을 인정한다면 여신과 모성은 필수적이다.

지난 5천 년 동안 우리 사회는 이른바 '지배 모형'에 순응해 왔다. 신과의 유대가 대부분 계급과 제도를 통해 이뤄졌기 때문이다. 계급과 제도는 신성과 개인적인 관계를 일궈 나갈 수 있는 우리의 능력을 가로막는다. 또한 종교 계급은 우리의 능력을 빼앗아 힘을 유지한다. 하지만 그 안에서조차 우리는 신과의 관계를 일궈 나갈 수 없다. 오직 자신만이 신과 진정한 관계를 일궈 나갈 수 있으며, 자신의 명령을 따를 때만 우리도 그럴 수 있다고 주장하는 누군가, 곧 남성이 없다면 말이다.

나는 고고학과 신화, 그리고 예술사 연구를 통해 항상 이런 식은 아니었다는 사실을 인식하기 시작했다. 삶과 자연으로부터 물려받은 영성에 대한 지식이 우리 안에 자리 잡은 것은 문화가 발달하던 시기의 초다. 때는 처음으로 농사를 지었던 1만 년 전 석기시대까지 거슬러 올라간다. 그 흔적은 당시의 사원들을 통해 찾아볼 수 있다.

사원에는 도자기 굽는 가마와 옷감을 짜는 베틀, 밀을 가는 절구와 빵을 굽는 화덕이 있었다. 이 모두가 신성한 행동들이었기 때문이다. 선사시대 사회는 하늘과 땅과 세상 모든 것들을 '대자연의 어머니'라 인식했다. 그렇지만 여신을 숭배했음에도 불구하고 모권사회는 아니었다. 대자연의 어머니에게는 신성한 딸과 신성한 아들이 모두 있었다.

선사시대 사회에서는 신성과 직접 연결되기가 훨씬 수월했다는 사실을 깨닫기 시작했다. 그때는 자연을 포함한 모든 것이 신이었다. 여신은 삶을 주었다. 그리고 죽을 때는 생명이 여신의 자궁으로 돌아갔다. 초목의 순환이 그러하듯이 다시 태어나기 위해서였다. 그들은 요즘과 같이 영성과 자연을 인공적으로 구분 짓지 않았다. 남성과 영성을 여성과 자연의 우위에 두는 계급체계를 가지고 있지 않았던 것이다.

연구를 하면서, 영적 여정도 계속 이어 갔다. 그리고 인간의 영적 욕망은 결코 중개를 필요로 하지 않으며, 우리 모두가 타고 났다는 사실을 깨닫기 시작했다. 이는 진화를 거듭하는 동안 획득된 것이며, 세상과 연결되었다고 느끼는 것으로 처음 표현되었다. 하지만 초기의 '공동 모형'에서 '지배 모형'으로 변화할 때, 우리는 연결되었다는 그 느낌을 잃어버리고 만 것이다.

나는 믿는다. 모성의 측면, 신의 여성적 측면과의 유대를 부정하는 것. 그것이 바로 신과 인간, 그리고 인간과 인간 사이의 의미 있고 충만한 관계를 일궈 나가는데 가장 큰 장애물임을 말이다. 어머니와의 경험을 통해 우리는 신의 여성성과 모성의 측면을 관찰할 수 있다. 대자연의 어머니는 어두운 면도 지녔다. 죽음에 이르렀을 때 일어나는, 변형의 측면이 바로 그것이다. 그러나 신성에 깃든 어머니와 같은 측면을 제거하기 위해 우리의 지배 사회는 특정한 면을 투영시켰다. 공감의 약화, 친절의 약화, 남성의 여성성 부정, 여성과 여성성의 경멸이 바로 그것이다.

오늘날의 사회가 영성에 크나큰 관심을 갖는 것은 결코 우연이 아니다. 우리는 다시 연결되기 위해 애쓰고 있다. 우리들 대부분은 사회 체계 속에서 영성을 생각조차 하지 않는다. 그럼에도 불구하고 우리는 여성과 아이와 자연을 지배하는 남성들이 만들어 낸 남신에 대한 생각과 사고를 극복하는 것이 우리들의 마지막 노래가 될 수 있다는 사실을 인식하기 시작한다.

'지배 모형'이 더 이상 연구에 방해물로 작용하지 않을 때, 우리는 진정한 영적 여정을 시작할 수 있다. 신성과의 관계를 탐험할 수 있을 때, 목적을 분명하게 이해하기 위해서는 장애물을 말끔하게 치워야 한다. 사회의 협동 모형을 향해 한 걸음 더 나아가면 우리의 크나큰 잠재력을 더 많이 발견할 수 있을 것이다. 인간은 창조와 사랑과 정의와 탐구와 지혜와 아름다움을 추구할 능력을 지녔다. 그리고 이 모든 것이 신성으로 이어진 길이다.

선사시대 사회를 통해 알게 된 가장 감동적인 지식은 일상의 삶 속에 깃든 신성함이다. '신성'하다고 생각하는 것들이 사실 행하는 모든 것 안에 자리하고 있다는 이해다. 우리는 모든 삶을 유대감과 기적, 그리고 자연의 아름다움과 신비로움으로 충만하도록 만들 수 있다.

오늘날의 사회는 풀고 다시 엮는 과정을 요구한다. 예를 들어 보자. 많은 유대교와 기독교의 가르침 속에는 협동의 고갱이가 담겨 있다. 돌봄, 그리고 존중이 바로 그것이다. 나는 그것이 계속되기를 소망한다.

진정한 사랑은 공감이다. 섬김의 행동이다. 우리는 생각이나 말뿐만 아니라 행동 속에도 반드시 신의 사랑을 담아야 한다. 보다 넓은 이해도 필요하지만 신성한 행동 또한 필요하다. 생명을 불어넣는 신성한 행동, 빵을 굽는 신성한 행동, 그리고 그 빵을 함께 나누는 신성한 행동 말이다.

가부장 문화 아래서 여성들은 섬겨야 한다고 배웠다. 하지만 다른 사람을 존중하고 섬기는 것만으로는 충분하지 않다. 자기 자신도 존중하고 섬겨야 한다. 자신도 돌봐야 한다. 희생양과 순교자가 된다면, 더 이상 섬기지 않을 것이다. 우리의 신성을 부정했기 때문이다. 우리는 자신을, 자신의 가치를 존중하지 않는다. 우리 자신과 우리의 신성을 계속 존중하기 위해 섬기는 것. 그리고 우리의 신성을 잃고 비굴하기 위해 섬기는 것. 이 두 가지 사이에는 미묘한 차이가 존재한다.

제도화된 종교는 대체로 균형 잡힌 시각을 먼저 허락하지 않는다. 그러니 우리가 스스로 찾아야 한다. 신성함과 거룩함이 여성의 형태로 존재했던 오랜 옛날의 전통. 그리고 여성으로 태어난 까닭에 나 또한 그들과 연결되어 있다는 사실. 바로 여기에서 나의 영적 여정에 있어 중요했던 사건들이 비롯되었다.

나는 구체적이고도 명확한 방식으로 신과 의식, 거룩함과 사랑에 대한 이해를 다시 정의 내렸다. 이제 분명히 이해한다. 태양이 떠오를 때, 그 아름다움 앞에서 신과의 유대감이 더 깊이 느껴지는 까닭도. 영성과 자연의 인위적인 구분은 그만 훌훌 털어 버려야 할 먼지와도 같은 생각이라는 사실도. 누군가에게 손을 내밀 수 있을 때, 그토록 마음이 따뜻해지는 이유도 말이다. 모두가 내 마음에서 우러난 것이었기 때문이다. 먼 곳에 존재하는 가혹한 신이나 사제, 내가 그렇게 하지 않으면 나를 벌할 어떤 남성의 명령 때문에 그렇게 한 것이 아니었기 때문이다. 오히려 그와는 정반대였다. 내가 그렇게 하는 까닭은 그것이 나에게 기쁨을 주었기 때문이다. 또한 그렇게 아낌없이 주는 것이 우리의 천성이고 바로 거기에서 기쁨이 비롯된 까닭이다.

우리의 영적 여정을 올바로 이어가기 위해 어떤 이를 믿어야 할까? 누군가 우리에게 알려 준다고 믿고 있나? 아니면 우리가 신성과 직접 연결되어 있다고 믿는가? 어찌하면 우리 스스로 관계를 일궈 나가고, 자기 것으로 만들고, 자신에게 능력을 부여하고, 우주의 창조력과 치유력의 일부가 될 수 있을까?

신성을 찾는 방법에 귀 기울여라. 그리고 자신만의 길을 따라가라.

마음의 비밀

사랑하고 섬기고 나눈다면
현실 속에서, 지금 여기서,
날마다, 매 순간,
신을 경험할 수 있다.

웨인 다이어

웨인 다이어

자기계발 분야에서 세계적으로 유명한 작가다. 600만 부 이상 판매된 베스트셀러로 7개의 번역판이 있는 『Your Erroneous Zone』을 비롯해 30여 권의 책을 출간했다. 상담심리학 박사이자 심리치료사인 그는 고등학교 때부터 코넬 대학교 의과대학 부속 병원에 이르기까지 다양한 교육 기관에서 학생들을 가르쳐 왔다. 또한 미국 전역을 돌며 수많은 사람을 대상으로 강연을 이어 가고 있다. 지금은 플로리다 남부에서 가족과 함께 살고 있다.

가족과 함께 하와이의 화산섬 마우이에 들렀을 때의 일이다. 하루
는 아내와 다투고 화해하지 못한 채 잠자리에 들었다. 그리고 다음
날 새벽, 문득 잠에서 깼다. 다섯 시 반. 너무 이른 시간이었다. 그래
서 해변으로 산책을 나가기로 마음먹었다. 그곳에서 자리를 잡고
앉아 명상에 잠겼다. 명상을 시작한 것은 꽤 오래전의 일이다. 요즘
도 이따금씩 명상에 잠기곤 한다. 그런데 바로 그날, 놀라운 일이
일어났다. 나는 그것이 행복으로 가득한 사랑의 경험이었다고 생각
한다. 빗줄기가 하늘을 향해 솟아오르고, 우주의 기운이 척추를 따
라 머리끝까지 올라갔다. 마치 따뜻한 물로 몸속을 깨끗하게 씻어
내는 것 같았다. 나는 완전히 다른 의식의 단계에 머물러 있었다. 산

책을 마치고 숙소로 돌아와서, 경험한 일들을 아내에게 털어놓았다. 그리고 얼마 지나지 않아 우리 둘 사이의 모든 것들이 다시 제자리를 찾았다.

다음 날 아침에도 같은 일을 해 보리라 마음먹었다. 그리고 정확히 다섯 시 반에 잠에서 깨어났다. 그것도 자명종의 도움 없이 말이다. 명상을 시작하자, 전날과 비슷한 행복감이 내 안에서 다시 불타올랐다. 신과 대화하는 나의 목소리가 들렸다. 자연과 인생의 목적에 대한 메시지들이 귓가에 울려 퍼졌다. 이러한 경험을 한 뒤로, 매일 아침 같은 일을 반복했다. 그리고 앞으로 남은 모든 날들을 그렇게 시작하리라 결심했다.

강력한 경험의 결과, 인생에 대한 모든 태도와 생각과 행동의 방향이 사랑하고 나누고 섬길 수 있는 쪽으로 바뀌었다. 그렇게 하지 않는다면, 내가 깨달은 소중한 뜻과 조화를 이루며 살아갈 수 없을 것이기 때문이다.

나는 열 살 무렵까지 침례교에서 운영하는 고아원과 감리교도인 양부모 슬하에서 성장했다. 그때 상상하기 힘들 정도의 정통적 신념과 두려움을 경험했다. 나에게 교회란 그다지 즐거운 장소가 아니었다. 나이를 먹어갈수록, '종교적인 경험'을 일부러 멀리했다.

나는 생각했다.

'그래, 뭔가가 있기는 하겠지. 그렇지만 난 잘 모르겠어. 게다가 다

른 일들을 하느라 너무 바쁜걸.'

하지만 지난 15년간 내가 중요하게 여기는 부분과 나아가고자 하는 방향이 영적인 쪽으로 조금씩 바뀌어 갔다. 하와이에서의 중요한 경험은 나에게 일러 준다. 보이는 세상 너머에 아주 강력한 세상이 존재한다고. 생각과 영혼과 보다 큰 깨달음의 세상이, 신의 세상이 말이다.

모든 세대와 문명을 막론하고, 삶과 그 너머의 세상에 대한 세 가지 생각만은 언제나 같은 듯하다. 첫 번째는 우리가 경험하는 이 세상 너머에 보이지 않는 무궁한 세상이 존재한다는 것이다. 두 번째는 무궁한 세상이 모든 인간 본성의 한 부분이라는 것이다. 그리고 세 번째는 이렇게 무궁한 세상을 발견하는 것이 바로 삶의 목적이라는 것이다.

어떤 이는 무궁한 세상을 신이라 부른다. 크리슈나, 영, 보다 높은 차원의 깨달음, 부처님, 혹은 예수님이라 부르는 이도 있다. 하지만 중요한 것은 그 이름이 아닐 것이다. 어떤 이름으로도 그 무궁함을 온전히 담을 수는 없을 테니까. '물'이라는 단어를 마실 수 있는 사람은 없다. H_2O라는 분자식에 배를 띄울 수 있는 이도 없다. 한 모금이라도 직접 마셔 보고, 작은 종이배라도 손수 띄워보아야 진정으로 물을 경험할 수 있는 것이다.

소로우는 말했다.

"당신의 사랑이 머무는 곳이 바로 당신의 종교입니다."

자신을 기독교 신자인지, 유대교 신자인지, 불교 신자인지 구분 짓고 싶지 않다. 그 대신에, 마음이나 행동이나 성격이 그리스도와 같고 부처와 같은 사람이 되려고 애쓰는 이라 생각하고 싶다. 종교의 큰 스승들을 중요한 역할 모델로 삼고 싶다. 서로를, 그리고 이 세상을 온몸으로 사랑하고 섬기며 나누었던 그들의 일생을 조금이라도 닮고 싶다.

유형의 세상을 통해 무형의 세상을 깨달을 수는 없는 법이다. 이를 위해서는 뭔가 다른 기준이 필요하다. 이제 막 영혼이 떠나간 육신의 무게는 영혼이 머물 때의 육신의 무게와 다름이 없다. 삶과 인성과 본질적인 것들의 무게는 무엇으로도 결코 측정할 수가 없다. 숨결이 빠져나간 뒤에야 비로소 육신이란 그저 영혼이 머물던 집에 불과했음을 깨닫게 된다.

가끔씩 거울을 들여다 볼 때면 아까운 머리카락은 자꾸만 숭숭 빠지고 쓸데없는 다리털은 자꾸만 자라난다는 사실을 깨닫는다. 피부도 근육도 하루하루 탄력을 잃어 간다. 이러한 현상들이 나에 대한 모든 것이라고 생각했다면 자신을 그저 언젠가 한 줌 먼지로 사라질 몹시 여윈 사내라 여겼을 것이다. 하지만 신을 경험했을 때, 나는 깨달았다. 지금 이 순간의 형상에 잠시 머물고 있을 뿐임을 말이다. 우리는 모두가 진정으로 영원하며 무한하다. 원인도 결과도, 시작도 끝도, 형상도, 그리고 형상에 적용되는 모든 규칙들도 초월한 존재이기 때문이다.

인간 본성의 무형적인 부분과 만나는 것은 바로 신을 만나는 것이다. 나는 안다. 나는 영적인 존재이며 지금은 잠시 인간의 삶을 경험하는 중이다. 나는 함께 살아가는 모든 사람의 형태에 얽매이지 않으려고 애쓴다. 대신 형태 안에 존재하는 신성한 면에 집중하려고 노력한다. 인간에게 이처럼 아름다운 면이 있다는 사실을 깨닫는 순간, 비로소 삶의 거대한 조화로움에 눈뜨게 된다. 모든 사람, 모든 것과 유대감을 느끼기 시작하는 것이다. 사랑하고 섬기고 나눈다면 현실 속에서, 지금 여기서, 날마다, 모든 순간, 신을 경험할 수 있다. 그렇게 함으로써, 내 안에서 편안함을 느낄 수 있고, 내 안에서 살아 움직이는 세포들과 협력할 수 있다. 나의 몸은 수많은 형태의 세포, 수많은 형태의 생명과 함께 살아간다. 하지만 이들은 함께 모여 있을 때만 의미를 갖는다. 이들은 서로 조화롭게 일하며 온전한 '나'를 구성한다.

밖에서 일어나는 모든 일들과 꼭 닮은 것들이 우리 안에도 존재한다. 이와 반대의 경우도 마찬가지이다. 우리는 수많은 형태의 세포로 구성된 하나의 존재이다. 모든 세포가 조화를 이룰 때 비로소 모든 부분이 제 기능을 할 수 있다. 또한 온몸의 세포 하나하나는 저마다의 특성을 가지고 있다. 하지만 병에 걸린 세포는 주변의 세포와 협력하지 않는다. 더 이상 전체를 위해 일하지 않는 것이다. 그러니 몸 속의 암세포와 사회 속의 암세포는 본질적으로 같은 의미를 갖는다. 이러한 세포들은 생명이 붙어 있는 한 닥치는 대로 먹어 치운다. 전체를 파괴하거나 자신이 파괴될 때까지 결코 멈추지 않는다.

세상을 변화시킬 수 있는 유일한 방법은 한 사람 한 사람이 세상 사람들을 위해 깨달음에서 비롯된 변화를 만들어 가는 것이다. 이렇게 할 때 우리는 신을 경험할 것이다. 그 조화로움 안에 신이 존재할 것이다.

로버트 프로스트는 이를 아름답게 표현했다.

"우리는 항상 추측과 상상의 주변을 서성인다. 하지만 비밀은 언제나 중심에 존재한다."

그 중심은 내가 명상하는 순간 지나는 곳이다. 나는 빛을 향해 나아간다. 그리고 그 빛을 나에게로 이끈다. 두 개의 수레바퀴를 연결하는 긴 나무 막대는 늘 움직이나 그 중심은 변하지 않는 법이다. 신 또한 언제나 변함없는 그 중심이다.

동양의 모든 전통은 살아 있는 동안에 죽을 수 있는 내면의 관찰자를 갖는 것에 대해 이야기한다. 영적인 것. 깨닫는 것. 그리고 초연한 것. 이는 자신의 죽음을 경험한다는 뜻이다. 살아 있는 동안에 죽는다는 것에는 과연 어떤 의미가 담겨 있을까? 인간 본성을 구성하지 않는 부분과 연결된다는 의미다. 보이지 않는 일부. 죽을 때, 떠나게 될 부분. 바로 신께서 머무시는 부분 말이다. 결코 '신비로운' 것이 아니다. 현실이며 실제이다. 이를 깨닫기 위해 먼 길을 떠날 필요는 없다. 허름한 옷을 입고 동굴에서 지내며 명상을 할 필요도 없다.

자신에게 일상의 시간을 내어놓는 순간, 나는 신을 발견한다. 이것을 기도나 명상, 혹은 그 무엇으로 불러도 상관없다. 중요한 것은 이러한 과정을 통해 다른 수준의 의식 세계로 접어들 수 있다는 점이다. 두 눈을 감고 호흡에 집중한다. 나의 중심에 자리해 마음을 비운다. 그리고 충분히 평온해진 순간, 사랑을 느끼기 시작한다. 이렇게 할 때, 나는 시간과 공간을 초월한다. 그리고 신께서 존재하는 바로 거기에 머문다. 날마다 이렇게 신을 경험한다. 그리고 알고 있는 모든 것을 넘어서는 조화와 축복의 상태에 이른다.

지금, 나는 모든 이의 마음속에 깃든 사랑을 경험한다. 더 이상 몸무게나, 나이나, 머리 모양이나, 옷차림으로 사람을 평가하지 않는다. 다른 사람을 평가할 때, 우리가 단정하는 것은 상대방이 아니다. 바로 우리 자신이다. 자신이 누군가를 구분하고 평가할 수 있는 능력을 가진 사람이라고 단정하는 것이다. 신과 함께 나눈 경험은 내게 이른다. 더 이상 그렇게 할 필요가 없다고 말이다. 나의 목적은 모든 사람 안에서 조건 없는 사랑과 용인과 기쁨을 경험하는 것이다. 받아들이기 힘든 방식으로 행동하는 사람까지도 보듬어 안는 것이다.

인생에 있어 가장 높은 차원의 영적인 행동은 다른 모든 사람 안에서 자신을 발견하는 것이다. 그리고 자기 안에서 다른 모든 사람을 발견하는 것이다. 자신을 버리고, 다른 이의 기쁨과 고통을 자기 것인 양 바라보는 것이다. 그리고 세상의 다른 모든 이들을 그저 자신의 일부로 여기는 것이다. 누군가 간디에게 인생의 사명을 스물다섯 자 이내로 설명해 달라고 청했다.

그는 말했다.

"세 마디면 충분합니다. 버리고 즐기는 것입니다."

그렇다. 세상에 대한 모든 집착을 버리고 신께서 주시는 것을 기꺼이 즐기면 되는 것이다. 소중하게 품고 있는 것을 기꺼이 내주라. 사랑을 말이다. 소용이 있을지 없을지, 옳을지 그를지, 이길지 질지, 미리 근심하지 마라. 결과에 얽매이지 말고 바람처럼 구름처럼 인생의 흐름에 몸을 내맡겨라. 그것으로 충분하다. 집착하지 않을수록 더 많이 얻게 된다. 참으로 아이러니한 일이다. 더 많은 것들을 흘러가도록 내버려 두면, 더 많은 것들이 돌아온다. 겨울이 가면 봄이 오는 것처럼, 밤이 가면 아침이 오는 것처럼.

사람들은 대부분 논리적인 기능을 담당하는 왼쪽 뇌만 너무 많이 사용한다. 또한 너무 직선적이며, 너무 조바심을 낸다. 그래서 자신에게조차, 신의 문을 두드리는데 충분한 시간을 허락하지 않는다. 신과의 관계를 돈독히 한다는 것은 자신에게 날마다 기회를 준다는 것이다. 당신의 생각이 보다 고귀한 존재와 연결된 바로 그곳에 머무를 수 있도록 기다려 주는 것이다. 그럴 수만 있다면 어떤 방법이든 좋다. 중요한 것은 자기만의 방법을 찾는 일이다. 자신에게 직접 경험하고, 이를 통해 얻은 것을 자양분으로 삼아 살아갈 수 있는 기회를 주어야 한다. 그러면 비로소 우주에 존재하는 모든 것들과 사랑이 가득한 방식으로 연결될 수 있다. 이것이 바로 마음이 간직하고 있는 가장 큰 비밀이다.

chapter 2

마음속에 간직한 신
The God Within

당신 의식의 내용물은
바로 당신 자신이다.
그러니 자신을 알면
세상을 알게 될 것이다.
지두 크리슈나무르티

은혜로움, 감사, 그리고
신성한 경험

주변에 존재하는 모든 것들의 아름다움을 깨닫는 순간
눈앞에 펼쳐진 모든 것에 감사하게 된다.

진 시노다 볼린

진 시노다 볼린

　　　　　융 심리학자이자 캘리포니아 대학교 정신 의학 임상 교수이다. 세계적으로 명망 높은 연사이자 워크숍 리더, 미국 정신 의학 협회 회원이다. 저서로는 『The Tao of Psychology』, 『Gods in Everyman』, 『Ring of Power』 등이 있다.

난 감사와 은혜의 마음으로 하루하루를 살아간다. 내가 참으로 운좋은 사람이며, 지금 주어진 모든 것이 과분함을 아는 데서 비롯된 것이다. 이러한 마음가짐 속에서는 일상의 모든 날들이 선물과도 같다. 매 순간이 은혜롭고 축복받은 느낌으로 이어지기 때문이다. 예를 들어 보자. 일터로 가자면 나는 항상 금문교를 향해서 난 터널을 지나야 한다. 어떤 때는 해변과 다리, 도시 전체가 한눈에 들어오기도 하고, 또 어떤 때는 짙은 안개 사이로 금문교 꼭대기만 겨우 보이기도 한다. 나에게는 이 두 가지 풍경 모두가 얼마나 아름다운지 모른다. 주변에 존재하는 것들의 아름다움을 깨닫는 순간, 눈앞에 펼쳐진 모든 것에 감사드리게 된다. 이토록 특별하고도 소중한 순간에 살아 숨 쉬고 있음에 감사드리게 된다.

아이들은 그보다 더 깊은 차원의 감사하는 마음을 일깨운다. 아이들을 보고 있노라면, 매 순간 감사의 마음과 함께 여러 가지 감정들이 벅차오른다. 그럴 때면, '너희가 진정으로 나를 기쁘게 한다.'는 느낌 때문에 가슴 한가운데가 뻐근해진다. 나는 결코 아이들을 당연하게 여긴 적이 없다. 지금과는 다른 상황을 그려 본 적도 없다. 세 번의 유산 끝에 얻은 아이들이라는 점은 수많은 이유 중 하나일 뿐이다. 아이들이 태어난 순간, 마음속에 결코 지워지지 않을 흔적이 남았다. 새로운 생명의 기적이 바로 그것이다. 아직도 또렷이 기억한다. 작지만 완벽한 모습을 갖춘 다섯 개의 손가락과 손톱은 경이로움, 그 자체였다. 간호하거나 재우기 위해, 아이들을 품에 안고 지새웠던 긴 밤도 마찬가지였다.

일을 하다 보면 누군가에게 좋은 영향을 끼치게 될 때가 있다. 누군가의 아름다운 영혼을 어렴풋이 느끼거나 그들이 간직한 소중한 꿈을 듣고는 사람의 마음이 이렇게 깊은 것임을 깨닫는 때가 있다. 그럴 때면, 지금 이 순간에 존재한다는 것이 마치 특권처럼 여겨진다. 위험한 사고를 아슬아슬하게 비껴가거나 구사일생으로 살아났을 때도 마찬가지다. 그럴 때면, 지금 이 순간에 무사히 살아 숨 쉬고 있음이 얼마나 감사한지 모른다. 이렇듯 존재함이 감사한 순간이면, 세상은 고마움의 노래로 가득 찬다. 그러면 신이 존재한다는 사실에 고개를 끄덕이게 된다.

대지진이 샌프란시스코를 덮쳐 엄청난 피해가 발생했을 때, 모두가 한마음으로 고개를 끄덕였다. 도움의 손길에 대한 고마움의 노래가 울려 퍼졌다. 사람들은 이것이 참으로 멋진 경험이었다고 입을 모았다. 크나큰 재앙을 겪고 나서야, 비로소 소중한 사실을 깨달은 것이다. 잠시라도 소유했던 것들은 잃고 나서야 비로소 소중함을 알게 된다. 안타깝고 또 안타까운 일이다.

성장기에 나는 사람에게 나쁜 일이 일어난다는 사실을 인식하게 되었다. 의대와 인턴, 그리고 수련의 과정을 통해 수많은 경험을 하며 절실히 깨달았다. 정신과 의사로 일하면서 더욱 분명해졌다. '왜 그들이고, 난 아닐까?' 라는 질문에 대한 답이 있는지, 아직 잘 모르겠다. 하지만 다른 이들에게 일어나는 고통을 목격한 까닭에 나는 안다. 내게 일어난 나쁜 일 또한 인생의 일부라는 사실을 말이다. 내가 고통과 상실감을 겪어 내야 할 차례가 되었을 뿐이다. 그래도 어떤 경험이든 저마다 가치가 있다는 것으로 얼마간 위안을 삼는다. 일어나는 일들은 무엇이든지 언젠가는 도움이 될 테니. 그리해 다른 사람을 더 많이 이해하고 도울 수 있을 테니.

지난 시간들을 통해, 인생이란 선택되지 않은 환경들로 가득하다는 사실을 믿게 되었다. 때문에 선택의 책임은 온전히 개인의 몫으로 남는다. 기쁨과 고통은 모두 인생의 일부다. 자신과 주변에 일어나는 일들에 대한 반응의 결과가 모이고 모여, 우리들의 모습이 다듬어지고 정신적인 성장이 가능해진다. 이제 50대에 접어들었다. 돌아보면, 나를 정신적으로 가장 성숙시킨 것은 가장 고통스럽고 어두운 시간들이었다.

하지만 영적인 삶을 성장시켜 준 것은 힘겨운 시간이 아니라, 신성한 순간들이었다. 은총으로 가득한 순간. 신의 존재를 느끼는 순간. 우주와 연결되어 있다고 깨닫는 순간. 자연 속에 자리한 순간. 성스러운 곳에 머무는 순간. 소중한 만남이 이루어지는 순간. 그리고 영혼과 영혼이 소통하는 순간, 마음의 키가 한 뼘씩 자라났다. 이처럼 소중한 경험들 덕분에, 지금 이 순간의 내가 존재하는 것이다.

열여섯 살이 되던 해, 난 그야말로 무릎을 꿇고 말았다. 하늘 높은 줄 모르던 교만함이 종교적 경험으로 인해 보기 좋게 꺾이고 만 것이다. 그리고 나서야 비로소 내가 정말 운이 좋은 사람이며, 그동안 이룬 일들과 재능이 모두 신의 선물이었음을 깨달을 수 있었다. 난 신의 은혜로움을 온전히 느꼈다. 그리해 삶을 긴 안목으로 바라보고, '내 뜻이 아니라, 당신의 뜻이 이루어지길' 진정으로 기도하게 되었다. 겸손과 은총과 순종의 경험을 통해, 의사가 되기로 결심했다. 나보다 어려운 이를 돕기 위함이었다. 그러한 경험이 없었다면, 과학과 수학에 재능도 열정도 없었던 내가 어찌 꿈을 이룰 수 있었을까. 그 뒤로도 소중한 교훈을 얻은 순간은 진정으로 겸손할 때였다. 눈곱만

큼이라도 교만하거나 우월감을 느낄 때가 아니었다. 지혜와 배움의
근원은 언제나 겸손이었다.

모든 신성한 순간 속에는 시간을 뛰어넘는 완전함이 깃들어 있다.
나는 믿는다. 깨닫는 것만큼이나 기억하는 것도 중요하다고. 하지만
각각의 신성한 경험으로 말미암아 깨닫고 기억한 '무엇' 을 말로 표
현하기란 쉽지 않다. 너무나도 소중하고 신비로운 까닭이다. 그러니
가슴 깊이 느낀 은혜로움에 감사하는 마음으로 고개를 끄덕일 뿐이
다. 또한 직관과 경험을 통해 알게 된 진실한 방식 그대로 살기 위해,
지금 이 순간에도 온 마음을 다할 뿐이다.

다시 찾은 신

자기 안에 존재하는 신과 만나는 순간.
그리하여 진정한 자아와 만나는 순간,
세상 모든 이의 내면에 이와 똑같은
신성함이 자리하고 있음을 깨닫게 된다.

하워드 머펫

하워드 머펫
　　　　　저널리스트, 교사, 카피라이터, 프리랜서 작가다. 1906년 호주 남부 섬 태즈
메이니아에서 태어났다. 제2차 세계대전 때 영국 육군 장교로 참전했다. 1964년부터 6년 동안 인도
에서 지내며 요가와 힌두 영성 수련을 공부했다. 2004년 아흔일곱 살의 나이로 세상을 떠났다.

기억나지도 않을 만큼 까마득한 어린 시절부터 하느님의 존재를 믿어 왔다. 하지만 지금 품고 있는 신의 모습은 그때와는 사뭇 다르다. 첫 번째 영적 스승이었던 어머니는 얘기했다. 하느님은 천국에 사시는 위대한 분이라고. 그곳에서, 지상에서 일어나는 모든 일을 지켜보고 계신다고 했다. 생각하고 행동하고 말하는 모든 것을 포함해서 말이다. 다섯 살 무렵, 농장에서 지내던 나는 아침 일찍 달걀을 꺼내러 갔다. 닭장 안에는 다섯 개의 알이 들어 있었다. 하지만 집으로 가는 길에 그만 하나를 떨어뜨리고 말았다. 달걀이 산산조각 난 것은 물론이었다. 어머니에게는 달걀이 네 개 밖에 없었노라고 얘기하기로 결심했다. 그런데 그 순간 하늘에서 굽어보고 계실 하느님의 모습이 떠올랐다. 원래 다섯 개의 달걀이 있었다는 사실을 그분은 분명히 알고 계실 터였다. 그러니 만약 거짓말을 한다면 벌이 더 엄할 것이었다.

하지만 내가 아는 그분은 전능하시고도 현명했다. 하느님은 나의 기도에 귀 기울여 주셨다. 그리고 이롭게 쓰일 일들은 청할 때 들어주셨다. 최선의 길이 무언지 아셨다. 그때까지도 모든 인간을 위해 외아들 예수님이 돌아가셔야 했던 까닭을 이해할 수는 없었으나 그대로 받아들이기로 했다. 그러자 그분에 대한 무한한 사랑이 느껴졌다.

중학교에서 과학과 수학을 배우면서, '이성'이라는 새로운 영역에 눈뜨게 되었다. 난 의구심을 갖기 시작했다. 하지만 어린 시절의 신을 저버리지는 않았다. 중학교를 졸업할 무렵에는 성직자가 되기로 결심했다. 10대의 젊은이들이 그러하듯이, 나 또한 인류를 위해 좋은 일을 하는데 일생을 바치고 싶었다. 하지만 얼마 지나지 않아 인정해야 했다. 내가 교회의 교리를 받아들일 수 없다는 사실을 말이다.

대학에 다니는 동안 유년 시절의 신은 점점 희미해져 갔다. 당시 나의 태도는 우주의 본질인 물(物) 자체는 인간의 경험으로는 인식할 수 없다는 '불가지론'과 다르지 않았다. 내가 알지 못한다는 사실을, 나는 잘 알고 있었다. 그러니 다시 신의 존재를 온전히 믿기 위해서는 증거가 필요했다. 그렇다 할지라도, 마음속 깊은 곳에는 분명 뭔가 존재한다는 느낌이 자리하고 있었다. 하지만 그 이상의 증거와 지식을 끊임없이 갈망했다.

졸업 후에는 신문사에서 몇 년간 일했다. 숨 가쁘게 지나는 하루하루 속에서, 잃어버린 신을 되찾고자 하는 갈망은 어느새 잊히고 말았다. 그 대신 여행하고 싶은 갈망이 자리 잡았다. 많은 나라를 방문하고, 그곳에 사는 사람들을 만나고, 그들 삶의 방식을 배우고, 세상에 존재하는 모든 것을 경험하고 싶었다. 그러면 가장 내밀한 곳에 자리한 질문에 대한 답을 얻을 수 있을 것만 같았다. '삶과 죽음, 그리고 영원함'이 무언지 알 게 될 것만 같았던 것이다. 글을 쓰고 싶은 마음도 점점 커져 갔다. 책을 통해 나를 표현하고 싶었다. 세상과 삶과 그 의미에 대한 깨달음을 글에 담고 싶었다.

여행을 준비하는 동안 여행과 관련된 시를 읽으며 마음을 다스렸다. 고대 그리스의 장편 서사시 『오디세이』를 읽는 내내 가슴이 뛰었다. 허기진 마음을 품은 채 방랑을 거듭하는 주인공 율리시스가 마치 내 자신과 같이 느껴졌다. 그때는 온전히 깨닫지 못했으나 이제는 안다. 내 마음의 허기가 잃어버린 신으로부터 비롯되었다는 사실을 말이다.

제2차 세계 대전 직전, 호주에서 배를 타고 영국으로 향하는 것으로 나의 세계 여행이 시작되었다. 전쟁이 발발하자 적십자에 몸담았다. 그리고 영국군에 입대했다. 전쟁 초반 가장 기억에 남는 주둔지는 역시 팔레스타인이다. 그곳에서 영적으로 충만한 3개월을 보냈다. 신과 깊이 관련된 땅에 머문다는 사실이 얼마나 기뻤는지 모른다. 위대한 드라마가 만들어진 장소들을 방문하자 그 모든 이야기들이 눈앞에서 일어나고 있는 것만 같았다. 영원이란 바로 그런 것이 아닐까. 예수님의 신발이 밟고 지나갔을 모래땅 위에 선 순간, 뼛속 깊이 그분의 이야기가 새겨졌다. 그럼에도 불구하고 이 경험 또한 내 유년의 신을 되살리지는 못했다.

전쟁이 끝난 뒤에 아내와 함께 '신지학협회' 본부인 인도에 머물게 되었다. 신지학협회란 1875년 미국에서 신비주의적 종교관을 바탕으로 창설되어 주로 인도에서 활동하는 국제적 종교 단체였다. 몇 년 동안 우리 부부는 힌두 철학을 중심으로 극동과 인도의 고대 지혜에 대해 공부했다. 새로운 이해의 세상을 통해 현대 과학의 한계를 극복할 수 있었다. 신지학은 우주의 근본원리에 대해 이야기한다. 모든 삼라만상을 생겨나게 한 영원하며 초월적인 원리를 말이다.

신지학은 정신을 고양시키고 시야를 넓혀 주었다. 하지만 마음은 여전히 텅 빈 것만 같았다. 신지학 또한 마찬가지였다. 편안하고 정다우며 자애로운 유년 시절의 하느님을 돌려주지는 못했다. 때문에 나의 마음은 더욱더 허기를 느끼게 되었다.

정신적인 양식을 갈망할 때, 신성한 존재와의 만남이 가능해 지는 것 같다. 그래서였을 것이다. 난 인도의 성자로 추앙받는 사티야 사이 바바와 만나게 되었다. 그가 수행하는 마을에서 이뤄진 첫 번째 만남에서, 내실로 안내되었다. 그리고 그곳에서 일종의 세례를 받았다. 따뜻한 기름이 부어진 순간, 육체의 모든 입자들이 깨끗해지는 느낌이 들었다. 이 경험은 내면에 커다란 변화를 가져왔다.

하지만 변화가 순식간에 일어난 것은 아니었다. 바바는 나의 메마른 마음이 겹겹이 두르고 있던 두꺼운 껍질을 깨뜨렸다. 부서진 조각들을 깨끗하게 치우는 데는 얼마간의 시간이 필요했다. 조금씩, 인생의 가치들을 새롭게 세워 나갔다. 또한 인생의 의미와 목적과 뜻에 대한 새로운 이해에 눈떠 갔다. 고등교육을 받으며 마음속에서 한없이 멀어졌던 신이 한층 확장된 모습으로 돌아왔다. 신을 떠나보내게 만들었던 비판적인 지성을 만족시키기에 충분했다. 바바의 가르침을 통해, 신성함이란 형체가 없다는 사실을 깨달았다. 형체가 없는 까닭에 어디에나 존재할 수 있는 것이다. 하지만 그것이 전부는 아니다. 형체가 있는 신 또한 존재한다. 사실 신이란 어떤 형체든 취할 수 있으며, 실제로도 그러하다. 인류를 구하기 위해 반드시 필요하다면, 그분은 인간의 형태로 우리를 찾아오신다. 이러한 일은 역사 속에서 여러 번 찾아볼 수 있다.

가장 넓은 마음으로 보면 신께서 모든 형태로 이 우주에 존재한다는 사실에 눈뜨게 된다. 자기 안에 존재하는 신과 만나는 순간. 그리하여 진정한 자아와 만나는 순간, 세상 모든 이의 내면에 이와 똑같은 신성함이 자리하고 있음을 깨닫게 된다. 그러니 지금 이 순간 함께 숨 쉬는 모든 존재가 하나와 다름없다. 모두의 얼굴에, 마음에, 손길에 신성한 사랑이 담겨 있는 것이다. 신성한 사랑은 모든 것을 포용해야 한다. 좋아하는 이뿐만 아니라 미워하는 이도 품어 안을 수 있어야 한다. 나는 그동안 적이라 여겨 온 사람들을 머리와 가슴으로 용서하고 사랑으로 보듬기 시작했다.

마음속에는 그만 떨쳐 버려야 할 잘못된 생각들이 너무나도 많다. 뿌리칠 수 없는 열망도, 독선적인 감정도, 모두 고삐를 바짝 당겨 쥐어야 한다. 더 이상 야생마처럼 날뛰지 못하게 해야 한다. 우리는 아버지의 집으로 돌아가는 탕아이다. 영혼의 집에 도착하기까지 수많은 어려움이 마음을 시험할 것이다. 하지만 사이 바바는 말했다.

"이 생에서 집에 도착할 수 있다. 그것이 바로, 우리가 지금 육체 안에 머무는 까닭이다. 신성한 존재를 깨닫고 집을 향해 걸음을 서둘러야 하는 것이다."

어쩌면 한 번의 생으로는 이룰 수 없을지도 모른다. 몇 번의 생을 지나고 나서야 비로소 삶의 목적이 무언지 깨닫게 될 지도 모른다. 그러나 얼마만큼 오랜 시간이 걸리든, 결과만은 확실하다. T. S. 엘리엇이 말했듯 모든 인간의 영혼은 '처음으로 시작된 곳을 알게 될 것'이다. 그리고 비롯된 자리로 돌아갈 것이다.

어머니는 하느님께서 어디에나 계시고 모든 것을 아시며 무한한 힘을 가진 분이라고 얘기했다. 그리고 사이 바바는 이를 증명해 보였다. 하느님께서는 형태가 없는 신성한 원리, 혹은 정신인 까닭에 모든 것 안에, 모든 곳에 머무신다. 그분께서 채울 수 없는 공간이란 존재하지 않는다. 어느 날 떠나는 문제를 두고 아내와 대화를 나누었다. 우리는 신지학협회 본부로 돌아가 도서관 근처에 머물 곳을 마련하기로 했다. 책을 집필하는데 집중할 수 있는 장소가 필요했기 때문이다. 바바를 떠나고 싶지는 않았다. 하지만 적어도 몇 달간 그렇게 하는 것이 좋을 것이라 판단했다. 며칠 뒤에 사이 바바와 함께 있는데, 그가 불쑥 말을 꺼냈다.

"그래요, 가서 당신 일을 하며 시간을 보내는 것도 좋을 것 같군요!"

사이 바바는 저마다 다른 방식으로 사람들을 도와 왔다. 작은 기적들을 지켜보면서, 나는 어느새 예수께서 행하신 기적도 완전히 믿게 되었다. 바바는 나로 하여금 기독교에 대한 더 깊은 이해와 감사의 마음을 갖게 했다.

이 시간들을 통해, 아내와 나는 새로운 삶의 방식을 터득했다. 인생의 가치와 목적이 전과는 달라졌다. 우리 부부는 이제 안다. 지금 여기에 있는 까닭과 향하고 있는 곳, 그곳에 도달할 방법을. 신에 대한 열망과 영적인 자양분에 대한 허기가 강한 사람이라면 누구나, 언젠가 이러한 경험을 하게 될 것이다. 분명 바른 길로 인도 될 것이다.

인간이 닿아야 할 가장 고귀하며 아름다운 목적지는 천국이 아니라 바로 하느님이다. 그곳에 도착하면, 우리가 항상 그곳에 있었음을 비로소 느끼고 알게 될 것이다. 이생에서 우리는 고귀한 목적지에 도달할 수 있다. 고통과 슬픔의 굴레로부터 벗어나는 자유를 만끽할 수 있는 것이다.

개인적인 삶이란 무엇인가

다른 이들과 함께하면 모두가 참여할 수 있는
이해의 장을 창조할 수 있다.
기도와 축하를 위해 다 같이 모이면
하느님의 선함과 사랑, 봉사와 아름다움에
모든 것을 집중할 수 있다.
그러면 더 깊은 깨달음을 얻게 된다.

마이클 벡위드

마이클 벡위드

　　　　　목사. 자기 안의 신성을 찬양하는 아가페 교회 Agape Church를 세웠다. 캘리
포니아 주 산타 모니카에 위치한 Agape International Center of Truth 설립자이기도 하다. 2006년에는
세계적인 베스트셀러가 된 『The Secret』 DVD를 제작했다. 마이클 벡위드와 아가페 교회는 지역사
회 발전과 인도주의적 활동에 기여한 공로를 인정받아 많은 상을 수상했다.

하느님을 배제하고는 진정한 삶을 영위할 수 없다. 우리가 삶이라고 부르는 것은 사실 인간의 모습으로 표현된 하느님의 존재를 의미한다. '독립된 삶'이라는 환상은 이루 헤아릴 수 없는 아픔과 좌절과 불안과 병폐를 야기한다. 하느님이 배제된 개인적인 삶이 가능하다는 믿음은 하느님과 단절된 경험을 만든다. 이 또한 고통스럽기는 마찬가지다. 우리의 삶은 여기에 있고 하느님은 다른 어딘가에 계시다는 환상을 깨뜨려 주는 것. 그것이 바로 영적인 수행이다. 개개인을 영적으로 성숙시켜 주는 기도와 명상 수행은 모두 하느님과의 단절감을 없애는데 큰 역할을 한다.

　수행을 거듭하는 것은 무척 중요하다. 자신에 대한 인식 없이는 내면에 자리 잡은 하느님의 고유한 모습이 표현될 수 없기 때문이다. 꽃들처럼, 인간들도 각자의 독특한 모습을 갖는다. 장미의 목표는 무럭무럭 자라나 꽃을 피울 수 있을 만큼 강해지는 것이다. 영적으로 성숙해지면 우리는 하느님과 하나 되는 깨달음을 얻게 될 것이다. 마치 아름다운 꽃이 활짝 피어나듯이 말이다. 그러한 깨달음이 없다면 아직 완전히 성장하지 못한 것이다. 세상 속에서 살아가며 물질적으로, 지적으로, 혹은 감성적으로 아무리 많은 것을 이루었다고 해도 그러하다.

과정은 힘겨울 수 있다. 언뜻 보기에는 하느님과 분리된 우리의 모습이 스스로 삶을 멋지게 통제하고 있는 것처럼 비칠지도 모른다. 사실 우리의 삶이 곧 하느님의 삶인 까닭에 그럭저럭 잘 해 나갈 수도 있다. 우리에게는 예전과 변함없는 모습으로 머물고 싶어 하는 부분이 존재한다. 그래서 하느님이 자신을 통해 나타나는 것에 저항한다. 우리는 스스로 변하기보다 다른 사람이, 온 세상이 변하기를 바란다. 하지만 영적인 성장은 정반대다. 의견과 그릇된 생각과 인식은 그만 내려놓아야 한다. 그래야만 다른 특질이 모습을 드러낼 수 있다. 정체성을 완전히 변화시켜야 하는 것이다. 하지만 자아는 소멸과 변화의 차이를 알지 못한다. 바로 여기에서 아픔이 비롯된다. 그래서 시각이 변할 때 이것이 마치 죽음처럼 느껴지는 것이다. 정말로 죽어가는 것이 결코 아님에도 오히려 태어나 처음으로 진정 살게 되는 것임에도 말이다.

내가 무척 좋아하는 예수님 말씀이 있다.

"나는 평화가 아니라 칼을 주러 왔다. 어머니와 딸이, 아버지와 아들이 갈라서게 하기 위해…."

나는 이것을 다음과 같이 해석한다.

"나는 너의 정체성 가운데 지극히 작은 부분을 잘라 내려고 왔다. 네가 자신을 어머니와 아버지의 자식으로만 여기기 전에. 나는 너의 정체성 가운데 보다 큰 부분에 눈뜨게 해 주러 왔다. 세상에는 오직 하나의 아버지, 하느님만이 계시다는 것을 이해할 수 있도록."

인간의 관습에 따라 아들과 딸로서 살아가는 것은 정체성 중 지극히 작은 부분을 차지할 뿐이다. 하지만 정체성의 대부분을 차지하는 것은 영원하다. 수행은 보다 깊은 곳에 자리한 특질에 다가가기 위한 것이다. 또한 받아들이는 방법을 배우기 위한 것이다. 그러므로 그 생각이 우리의 생각이고, 그 인식이 우리의 인식이며, 그 시각이 우리의 시각인 것이다. 이렇게 할 때, 우리의 생각과 말과 행동이 하느님의 사랑과 지혜의 표현이 된다.

언젠가, 나른 이와 함께 노래를 만든 적이 있었다. 깨어 있는 꿈을 꿀 뿐, 사람들은 사실 잠들어 있다는 내용의 곡이었다. 나는 사람들이 잠들어 있다고 믿는다. 꿈결 속에서, 세상을 통제하고 편안해 지려 애쓰고 있다고 생각한다. 그러다가 깊은 잠에서 깨어나는 순간,

하느님의 존재에 둘러싸여 있다는 사실을 발견하는 것이다. 하느님의 은혜로움 안에 머물고 있으며, 하느님의 은혜로움이 자기 안에 있는 것을 말이다. 그 순간 사람들은 비로소 온전히 살게 되고 그동안 무엇을 해 왔던지 고개를 갸웃하게 되는 것이다.

하느님을 향한 나의 열정은 하느님 존재 안의 깊고 영원한 사랑이다. 하느님은 나에게 모든 것이다. 20년이 넘는 세월 동안 환한 불빛이 나를 비추었고 하루하루 조금씩 더 성장해 나갔다. '허기'나 '가슴 조림'이라 표현될 수 있는 열정은 수년 동안 사그라질 줄 몰랐다. 사실 무척 강력했다. 지금 나는 처음보다 훨씬 더 헌신하며 수양에 매진한다. 아침이면 여전히 지식과 올바름에 대한 허기와 갈증을 느끼며 눈을 뜬다. 내가 하느님의 존재에 유용한 사람인지, 끊임없이 돌아본다. 삶이 곧 자신의 에너지라는 시각이 확고해지면, 세상 어느 곳에서도 얻을 수 없는 열정과 힘의 원천이 된다.

사람들은 종종 내게 명상과 기도하는 시간에 대해 묻는다. 그러면 아침과 저녁, 그리고 종일 명상하는 방법에 대한 이야기를 들려준다. 그렇게 하자면 '슈퍼맨'이 되어야겠다고 걱정하는 사람들에게, 나는 고개를 젓는다.

"아닙니다. 날마다 수행하지 않는 이들이야말로 슈퍼맨이지요. 영적인 수행 없이, 오직 자신에게만 기대 이 험난한 세상을 살아가자면 정말 슈퍼맨이 되어야 하니까요."

난 두 가지 방법 모두를 체험했다. 그리고 날마다 기도하고 명상하는 삶을 선택했다. 그러자 더 이상 제한된 지식과 힘에만 의지해 삶을 헤쳐 나갈 필요가 없어졌다. 크나큰 존재에게, 하느님에게, 사랑에게 양보하는 것이 훨씬 더 쉬웠다. 해야 하는 일이란 방해가 되지 않도록 비켜서는 것뿐이다. 그러자면 온전히 자신을 맡겨야 한다. 또한 유용한 사람이 되어야 한다.

누구나 하느님과 친밀한 관계를 일궈 나갈 수 있다. 그러자면 진지함과 규율과 헌신이 필요하다. 깨어나기를 진정으로 원한다면, 진지함이 열매 맺을 것이다. '의로움에 주리고 목마른 사람들은 흡족해질 것이다.' 라는 성경 말씀은 진지함을 감지하는 방법에 대한 이야기가 아닐까.

열망하는 사람과 제자의 차이점을 아는 것은 중요하다. 열망하는 사람은 아무런 노력과 대가 없이 영적인 삶의 결과만을 원하는 이다. 제자는 깨어나고자 하는 내면의 진지한 바람에 자신을 온전히 내어 맡기는 이다. 진정으로 제자가 되는 순간, 깨어나고자 하는 소망이 이루어질 때까지는 아무것도 그들을 막을 수 없게 된다. 진지함은 통찰력을 발휘할 수 있는 분위기를 만들어 낸다. 그리해 내면의 목소리가 그들에게 말을 걸게 한다.

하느님을 알고자 하는 진지한 열망을 가졌다면, 날마다 그 열망을 품고 자리에 앉아라. 가장 좋아하는 책이나 가장 좋아하는 작가나 가장 좋아하는 테이프도 함께하라. 그러면 보상을 받게 될 것이다. 영적 깨달음이 세상의 경험보다 더욱 현실로 다가올 것이다. 그러면 하느님의 인식 안에 머물기 위해, 계속해서 진정으로 깨어 있기 위해, 헌신과 규율을 연습하는 방법을 배우게 될 것이다. 당신이 누구인지는 중요하지 않다. 나쁜 짓을 저질렀든, 선행만을 해 왔던 모두에게 같은 기회가 주어진다. 살아 있는 하느님과 영적으로 친밀한 관계를 일궈 나갈 수 있는 기회가.

성장할 때, 하느님에 대한 인식과 깨달음 또한 변한다. 하느님께서는 우리를 당신의 모습대로 창조하셨다. 그때부터 우리는 그 은혜로움에 보답하려 애써 왔다. 우리는 때로 인간의 모습에 하느님의 모습을 투영한다. 이러한 하느님은 마음을 바꾸고 화를 낸다. 어떤 이의 기도에는 응답하고, 어떤 이의 기도에는 응답하지 않는다. 어떤 이는 사랑하지만 어떤 이는 사랑하지 않는다. 하지만 진심으로 기도하고 또 기도한다면, 언젠가는 깨닫게 될 것이다. 하느님은 변함이 없다는 사실을 말이다. 그분은 언제나 한결같다. 그분이 시간 안에 존재하시는 것이 아니라 시간이 그분 안에 존재하기 때문이다.

삶 속에서 하느님을 위한 시간을 찾아야 한다. 하느님을 처음 찾기 시작한 경우라면 더욱 그러하다. 하느님에게 유용한 사람이 되기 위해 스스로 규율을 찾아야 한다. 날마다 같은 시간에 반복하면, 무엇이든 습관으로 자리 잡게 되는 법이다. 그리고 머지않아 삶의 방식이 된다. 처음에 나는 매일 아침 7시에 일어났다. 기도와 명상을 하기 위해서였다. 잠자리에 들기 전에도 매일 밤 명상과 기도를 했고 영성 서적들을 읽었다. 마침내 수행과 이를 제외한 나의 삶 사이에 존재했던 장벽이 무너졌다. 어느 날, 명상과 기도 시간으로 정해 놓은 여덟 시가 지났는데도 여전히 기도드리고 있는 나의 모습을 발견했다. 일 때문에 누군가를 만날 때도 기도는 여전히 내 안에 자리했다. 우정이나 사랑에 해가 될 말을 토해 내려 할 때 내 안의 기도가 입을 막아 주었다. 그리고 얼마 뒤에 삶이 곧 기도라는 사실을 깨달았다. 삶에 명상과 기도를 맞추는 대신 하느님 존재의 축복 안에 삶을 일군 것이다.

요즘 아침에 눈을 뜨면 제일 먼저 이렇게 말한다.

"하느님, 감사합니다. 삶을 주시고 숨결을 허락하시니 감사합니다. 모든 것에 감사드립니다. 네, 당신을 위해 제가 여기 있습니다. 네, 저는 당신의 것입니다. 네, 저는 준비가 되었습니다."

정신적으로나 육체적으로 힘겨울 때도, 그렇게 하겠다고 맹세하려 애쓴다. 그래서 "네."라는 부분에서 더 큰 목소리로 기도를 올리는지도 모른다.

육체적 운동도 게을리하지 않는다. 주로 요가와 조깅, 가벼운 웨이트 트레이닝을 한다. 그리고 명상과 기도를 한다. 대부분의 경우 한 시간 이상 하느님과 대화를 나눈다. 그러고 나서 하루를 시작한다. 1

년에 한두 번은 3일에서 7일 정도 조용한 곳을 찾아 영적 수행을 떠나는 일도 빼먹지 않는다.

사람들은 수많은 방법을 통해 하느님을 경험한다. 하느님과 떨어져 있다고 느낄 때도 하느님은 우리를 통해 샘솟는다. 아직 준비가 덜 됐거나 그럴 만한 자격이 없다고 느껴질 때가 있다. 그래서 자신을 그저 드러내게 되는 때가 있다. 그러면 하느님은 수많은 결점에도 불구하고 은혜를 베푸신다. 그 빛들이 희미해 선명하게 볼 수 없는 순간도 있을 것이다. 머리로는 하느님과 연결되어 있음을 알지만, 가슴으로는 하느님이 우리와 동떨어진 채 밖에 머무는 것처럼 느껴질 수도 있다. 하지만 결국, 하느님의 삶이 시작되고 우리의 삶이 끝나는 곳이 어디인지 알 수 없는 순간을 맞이할 것이다. 하느님과 완전히 하나가 되었음을 느끼게 되는 것이다.

자랑스러운 인생을 살기 위해 애쓰는 우리는 여전히 실수를 한다. 이것이 자연스러운 현상이고, 이것이 바로 인간이다. 그러니 자신을 용서하는 법을 배워야 한다. 우리는 종종 죄에 집착한다. 하느님께서 우리를 심판할 것이라 생각한다. 그래서 자신에게 이렇게 말한다.

'내가 스스로 벌을 주는 게 낫겠어. 내가 자신을 얼마나 미워하는지 보신다면, 하느님 기분도 좀 풀어질 테니까.'

사실 자기 비난이란, 항상 그 자리에 머무는 하느님의 은혜로움에 다가가지 못하도록 자신을 가로막을 뿐이다. 하느님은 모든 것을 아신다. 그리고 온전히 당신을 사랑하신다. 하느님은 당신이 올바른 행동을 할 때까지 기다리지 않는다. 먼저 당신을 용서한다. 하느님은 사랑이다. 실수했다는 사실을 깨닫고 진정으로 뉘우칠 때, 당신의 뉘우침은 행동과 시각을 기꺼이 바꾸겠다는 의미다. 또한 다시는 그런 일을 반복하지 않겠다는 뜻이다. 당신은 자신을 보듬어 안을 수 있다. 당신은 다시 하느님께 소용될 수 있다. 하느님께서 여전히 그곳에 계신 까닭이다.

영적 여정에 있어서 또 하나의 중요한 부분은 친교와 단체를 통한 신앙이다. 다른 이들과 함께하면, 모두가 참여할 수 있는 이해의 장을 창조할 수 있다. 기도와 축하를 위해 다 같이 모이면 하느님의 선함과 사랑, 봉사와 아름다움에 모든 것을 집중할 수 있다. 그러면 더 깊은 깨달음을 얻게 된다. 단체의 힘은 열매를 풍성하게 하기 때문이다.

친교는 매우 중요하다. 산업화 된 사회에서 우리의 가치가 부의 획득과 축적, 탐욕, 그리고 경쟁에 맞춰지기 때문이다. 그리고 어느 순간부터 모든 것들을 당연하게 여기기 시작한다. 치열하고 숨 가쁜 세상 속에서 살아가야 하는 우리들에게는 어쩌면 너무나도 자연스러운 일일 것이다. 하지만 영적으로 성장하려 애쓰는 이들과 만나면, 다른 종류의 가치들과 접하게 된다. 연민과 나눔, 너그러움과 지지가 바로 그것이다. 단체에 참여하는 것은 영적 성장에 매우 중요할 뿐만 아니라 크나큰 힘이 된다.

물질적인 세상에서는 종종 감정의 공통분모를 찾기 힘든 상태를 경험할 것이다. 하지만 영적인 단체 속에서는 감정을 초월할 수 있다. 현실을 직시하는 통찰력을 갖게 되고, 시각과 감정과 생각이 바뀌게 된다. 이것이 바로, 단체 속의 수많은 사람들이 자신이 가능하다고 생각하는 것보다 훨씬 더 멀리 나아가는 이유다. 그들은 말한다.

"이런, 세상에. 봉사를 하고, 서로 힘을 모으고, 함께 기도를 드리니 모든 것이 다르게 보였어요."

친교가 주는 선물을 경험한 뒤에도, 집중력을 유지하고 여전히 유용한 사람이 되기 위한 방법을 끊임없이 찾아야 한다. 홀로 하는 일 또한 중요하다는 사실을 기억해야 한다. 단체에만 몸담고 자신의 일은 병행하지 않으면, 때로 중독의 양상을 초래할 수 있기 때문이다. 다른 누군가의 영적 지도력에 전적으로 의존한 채, 혼자만의 영적인 일들과는 담을 쌓는다고 하자. 그러면 하느님의 힘을 통해 능력을 부여받는 사람이 아니라 유명인을 따라다니는 한사람의 팬에 지나지 않게 되는 것이다.

나에게, 영적 성장과 하느님 인식의 열쇠는 우리가 이 세상에 온 까닭은 이해하는데 있다. 우리는 새로운 믿음의 체계를 찾기 위해서 이 세상에 온 것이 아니다. 그보다 우리는 진정한 자아에 눈뜨기 위한 방법을 열심히 찾아야 한다. 우리는 저마다 가능한 최고의 사람이 될 것이다. 중요한 것은 어떤 종교를 믿는가, 어떤 스승을 섬기는가, 어떤 믿음을 가졌는가가 아니다. 자신이 누구인지 알기 위해 할 수 있는 일들을 하는 것. 그런 다음 인간의 형체 속에 자리 잡은 진정한 영적 정체성을 표현하는 것이다. 그러면 크나큰 능력을 부여받을 것이다. 외부적 힘의 희생양이 되는 대신 하느님의 위대한 사랑과 지혜를 나타내는 존재가 될 것이다.

신에게로의 초대

궁극적으로 나에게 친밀한 관계란
하느님에게 닿을 수 있는 가장 중요한 방법 중 하나다.
그것이 바로 마음의 길이기 때문이다.
마음의 길을 따르자면 먼저 내주어야 한다.
내준다는 것은 절대 포기를 뜻하지 않는다.
오히려 더 위대한 어떤 것을 낳을 수 있다.

바버라 디 엔젤리스

바버라 디 엔젤리스

인간관계 전문가이자 자기계발 분야의 존경받는 지도자다. 14권의 베스트셀
러를 낸 작가이기도 하다. 그녀의 책은 모두 800만 부 이상 판매되었으며, 20개 언어로 번역되었다.
로스앤젤레스 자기계발 센터를 설립하고 12년간 이사직을 맡았다. 현재 캘리포니아 주 샌타바버라
에 산다.

나에게는 오직 하나의 관계만이 존재한다. 하느님과의 관계가 바로 그것이다. 하느님이 어떤 모습으로 내 앞에 나타나실지 알 수 없다. 남편일 수도 있고, 애견일 수도 있으며, 나를 미치게 만드는 사람일 수도 있다. 스쳐가는 산들바람이나 따스한 햇살, 한바탕 쏟아지는 소나기일 수도 있다. 사실 이 세상에 존재하는 모든 것과 모든 사람 속에는 저마다 다른 형태로 하느님의 모습이 녹아 있다. 나의 목표는 가능한 모든 방법을 통해 하느님과 끊임없이 만나는 것이다.

　열여덟 되던 해, 난 영적인 길에 눈뜨기 시작했다. 그 뒤로 많은 스승 아래서 공부했고, 다양한 수행 방법을 시도했다. 나를 자유의 상태로 이끌어줄 하나의 해답을 찾게 되기를 간절히 빌었다. 그렇게

25년이 흐르고 난 뒤에야, 비로소 기도와 명상의 뜻을 깨우쳤다. 나에게 명상이란 하느님과의 관계를 더욱 돈독하게 만들어 주는 하나의 방편이었다. 명상을 통해 내 안에 존재하는 하느님을 깨달을 수 있었다. 명상을 할 때, 내 인생은 가장 풍요로웠으며 은혜로 충만했다. 하지만 25년간 지나온 과정들 모두가 반드시 필요했으며 중요했다는 사실을 잘 안다. 그 시간들이 없었다면, 소중한 선물이 모습을 드러냈을 때, 어찌 알아보고 감사히 받을 수 있었겠는가.

사람들이 갖고 있는 하느님에 대한 가장 큰 오해는, 그분이 흰 수염을 기른 남자이며, 잘못을 저지르면 벌을 내리고 선한 행동을 하면 상을 내릴 만반의 준비를 하고서 우리를 지켜본다는 생각이다. 내가 이해하고, 경험한 진실과는 너무나도 거리가 먼 얘기다. 수행을 시작했을 때, 나는 동양의 전통에 관심을 가졌다. 그리고 하느님과의 관계에 대한 보다 폭넓은 이해를 얻을 수 있었다.

나의 수행은 종교가 아니라 영성을 위한 것이었다. 영성이란 하느님과 일궈 나가는 관계다. 나는 하느님이 나와 분리된 존재가 아니라는 사실을 깨달았다. 또한 나의 실재를 넘어서는 위대한 개념이나, 매개체를 통해서만 만날 수 있는 존재가 아니라는 사실도 알게 되었다. 사실 나의 모습이 곧 하느님이었다. 내가 곧 하느님의 자녀였던 것이다. 밖에서 하느님을 찾아 헤맬 필요가 없다는 사실을 이해하기 시작했다. 그리고 나자 수행이 바른 길로 접어들 수 있었다. 모든 답은 내 안에 있었다. 영적 수행이 깊어질수록, 내면에서 하느님의 뜻을 찾을 수 있었다. 그럴 때마다, 하느님과 하나 되는 것을 느꼈다. 나에게 하느님은 밖에서 바라보며 나를 받아 줄지 말지 가늠하는 분이 아니었다. 그보다는, 내 안에 계신 분이었다. 내가 행하는 모든 일을 통해 당신의 뜻을 드러내는 분이었다.

하느님을 경험하는 또 다른 강력한 방법은 다른 사람들과의 관계를 통한 것이다. 내가 사람들에게 전하려고 애쓰는 가장 중요한 것은 관계의 목적이 기분을 좋게 하거나 행복하게 만드는데 있지 않다는 사실이다. 관계의 목적은 성장을 돕고 하느님과 좀 더 가깝게 만드는 것이다.

나는 믿는다. 다른 사람과의 친밀한 관계가 자기 안의 사랑스럽지 못한 모든 것을 인식해 사랑스럽게 바꿀 수 있는 소중한 기회가 된다고 말이다. 친밀한 관계만큼 사람을 빛나게 만드는 것은 없다. 혼자일 때, 이렇게 말하는 것은 쉽다.

"요즘 삶의 중심에는 제가 있답니다. 저는 모든 사람을 무조건적으로 사랑해요. 제 자신을 생각하면 기분이 너무 좋아요. 전 다른 사람들에게 줄 것이 너무 많답니다."

하지만 누군가를 만나기 시작하고 나서 한 달만 지나면, 이렇게 말하게 될 것이다.

"이 사람 때문에 정말 미치겠어요! 완전히 폐인이 된 기분이라니까요!"

왜 그럴까? 세상은 당신에게 자신의 모든 부분을 보여줄 수 있는
누군가를 보내 주었다. 그래서 사랑에 빠지면, 육체적, 감정적, 영적
으로 하나가 되고 싶어진다. 그럼에도 불구하고 수많은 시련이 당신
을 시험에 빠지게 한다. '우리는 하나가 될 수 없어. 당신 음식 씹는
방식을 도저히 참을 수 없거든.'과 같은 작은 생각들도 그중 하나다.

그러다 어느 순간, 두 사람은 둘에서 하나가 되는 경험을 하게 된
다. 대부분의 경우 사랑을 나누는 동안 일어나는 일이다. 또한 궁극
적으로는 두 사람 사이의 성적 끌림을 의미한다. 이러한 순간에는,
모든 차이가 눈 녹듯 사라지고 합일의 느낌에 빠진다. 그리고 지극한
안도감을 경험한다. 합일이란 생명의 자연스러운 상태이며, 보다 큰
진실이기 때문이다. 하지만 성적인 경험이 끝나고, 기쁨과 환희가 사
라지면, 당신은 생각한다. '음, 이런 기분을 다시 느끼려면, 다시 사
랑을 나눠야 해.' 혹은 '이렇게 하나 되는 기분을 느끼려면, 나를 사
랑해 줄 누군가를 만나야 해.'라고 말이다. 하지만 당신이 진정으로
경험한 것, 그리고 당신이 진정으로 찾아 헤매는 것은 사랑을 나누는
일이 아니다. 인간관계도 아니다. 그것은 바로 하느님을 경험하는 일
이다. 그분 사랑의 바다에서 자신을 잊는 것이다.

궁극적으로 나에게, 친밀한 관계란 하느님에게 닿을 수 있는 가장
중요한 방법 중 하나다. 그것이 바로 마음의 길이기 때문이다. 이성

으로는 하느님을 인식할 수도, 이해할 수도, 경험할 수도 없다. 사실 이성은 우리를 하느님과 분리시킨다. 이성이란, 우리가 생각하는 대로 자신을 정의하는 까닭이다. '난 작가다. 여자다. 아내다. 그리고 꽤 똑똑하다.' 이런 식으로 말이다. 마음의 길은 이성을 놓아주기를 청한다. 자아도, '나'도, 절제도, 놓아주라고 부탁한다.

마음이 이르는 길을 따라 걷기 위해서는 모두 내려놓아야 한다. 내려놓는 것은 포기가 아니다. 더 나은 것을 낳는 일이다. 행할 수 있는 용기를 낼 수만 있다면, 더없이 아름다운 경험이 될 것이다. 어떤 이유에서든 내려놓을 때, 사람들은 대부분 하느님을 경험하게 된다. 예를 들어 보자. 산의 정상에 섰을 때 이성은 보통 이렇게 말한다. "난 똑똑해." 혹은 "난 엄청난 것을 이뤄 냈어." 그러면 산이 얼마나 멋진지, 구름은 얼마나 아름다운지, 자연은 또 얼마나 눈이 부시도록 근사한지 볼 수 없게 된다. 그러니 놀라운 모든 것과 마주했을 때, 적어도 몇 초 동안은 이성을 내려놓아야 한다. 그러면 그 몇 초 동안 하느님으로 가득하게 된다. 당신은 그것이 산 때문이라고 생각한다. 하지만 그것은 당신이 내려놓았기 때문이다. 느낌대로 당신을 정의하는 이성을 내려놓고 놀라움을 온전히 맛보았기 때문이다.

가끔씩은, 가장 비극적인 순간에 내려놓는 경험을 하게 된다. 너무나도 괴로운 나머지 더 이상은 참을 수 없다고 울부짖을 때, 당신은 조절 능력을 상실하고 만다. 그러면 어느 순간, 깊은 사랑과 지극한 은총을 경험하는 자신의 모습과 마주하게 된다. 쏟아지는 평화로운 치유의 느낌을 만끽하기도 한다.

하지만 언제 찾아올지 모르는 초월적 경험을 마냥 기다릴 필요는 없다. 수행을 하면, 이러한 경험을 삶의 일부로 만들 수 있기 때문이다. 수년 전에 나는 내적 경험의 수행을 시작했다. 내면과 연결되지 않을 때 긴장감과 분리감, 압박감이 느껴질 때를 의식적으로 알아채려고 애썼다. 이런 순간이면 나의 중심과 멀어지며 이로 인해 내가 누구인지 잊고 만다는 사실을 깨달았다. 그래서 멈춰 섰다. 그리고 다시 돌아가기 위해 스스로를 일깨웠다. 그동안 읽어 왔던 글이나 자신에 대해 썼던 내용을 떠올렸다. 진실을 떠올렸다. 그렇게 하면서 망각의 소용돌이에서 빠져나와 중심으로 돌아가려고 애썼다. 의식적인 수행을 몇 년간 거듭한 뒤엔, 모든 과정이 물 흐르듯 자연스럽게 일어난다. 어느 것 하나 억지로 할 필요가 없다.

나는 무척 운이 좋다고 느낀다. 혼자만의 길고 긴 수행 끝에, 마침내 훌륭한 스승을 만났기 때문이다. 그분은 내면의 힘을 일깨우도록 도와주었고, 내면의 정열을 불타오르게 했다. 이러한 깨달음은 근본적인 변화를 불러왔다. 이제, 내 자신에 대한 인식은 결코 변하지 않는다. 더 이상은 중심을 벗어난 마음을 되돌리려 애쓸 필요가 없어진 것이다. 잠시 엉뚱한 곳으로 주의가 흩어지지 않는지, 내 안에 자리한 하느님으로부터 멀어져 고통을 야기하는 어떤 것에 다가가고 있지는 않은지 살피는 것으로 족하다. 숲에서 길을 잃었으니 길을 찾아야 한다고 생각하기보다는 그 숲이 얼마나 아름다운지 바라보는 쪽을 택한 것이다. 설령 길을 잃었다 해도 상관없다. 돌아가는 길을 찾는 방법을 분명히 알고 있으니.

길 찾는 법을 가르쳐 준 분이 바로 나의 스승이다. 스승이란 컴퓨터 사용 설명서와 같은 존재다. 설명서 없이도 컴퓨터에 익숙해질 수 있다. 하지만 시간은 훨씬 더 오래 걸릴 것이다. 참스승은 정보나 지혜의 집합체, 그 이상의 의미를 갖는다.

스승은 주의 깊게 선택해야 한다. 진정한 스승은 제자들을 존중한다. 또한 제자들을 자신과 다름없이 대한다. 스승의 임무는 당신을 어디로든 이끄는 것이 아니다. 참된 본질을 잊지 않도록 돕는 것이다. 당신은 이미 하느님이고, 사랑이며, 빛이다. 다만 잊고 있을 뿐이다. 참스승은 당신에게 이러한 느낌을 남기지 않는다. '스승님은 참으로 굉장한 분이야. 나는 정말 보잘 것 없지 뭐야.' 나에게, 진정한 스승이란 내면의 위대함을 잊지 않게 하고, 그 위대함과 연결된 끈을 놓지 않게 하는 존재다.

이쯤에서 일상의 삶 속에서 하느님과 친밀한 관계를 일궈 나가는 데 가장 필요한 것이 무언지 말해 주는 이야기를 하나 할까 한다. 지난여름, 명상 수련을 떠났을 때의 일이다. 난 스승님의 말씀을 기다리며, 수많은 사람들과 함께 앉아 있었다. 오랜 명상 덕분에 아주 좋은 상태였다. 완전한 충만감과 무아경이 느껴졌다.

　다음 연사는 그곳을 방문한 교수였는데 그분이 앞으로 나와 연설을 시작했다. 학문적인 주제에 대한 빈틈없는 얘기를 듣고 있자니, 이런 생각이 슬며시 고개를 들었다. '별로 와 닿지는 않는걸. 기계적으로 말하고 있을 뿐이잖아. 마음에서 우러난 얘기가 아니라고.' 하지만 비판적인 생각에 마음을 두지는 않았다. 그런데 잠시 후에 또 다른 삐딱한 생각이 꿈틀거렸다. '아무 상관도 없는 난해한 예들을 계속 인용하는군.'

　그러자 가슴 가득 넘쳐흐르던 기쁨이 줄어드는 느낌이 들었다. 불안하고 초조해지기 시작했다. 몇 시간 동안 지극히 편안했던 육체도 여기저기 아파 왔다. 그 순간 갑자기 비판적이고 삐딱한 생각들이 마음속에 홍수처럼 밀려들기 시작했다. 어디선가 나타나 바쁘게 기어가는 바퀴벌레처럼 꼬리에 꼬리를 물고서 말이다. 그리고 10여분 동안 공포에 사로잡힌 채, 나의 자아가 부정의 절정을 향해 치닫는 것을 지켜보았다. 분노와 갈증, 단절과 공허, 비참함과 사랑의 전무함이 느껴졌다.

　그 순간 가장 사랑하고 존경하는 스승이 모습을 드러냈다. 이번에도 어김없이 기쁨과 웃음과 환희를 가득 품고 있었다. 모든 사람들이 그분이 건네는 기쁨과 웃음과 환희의 바다로 풍덩 뛰어들었다. 하지만 나는 그러지 못했다. 그분의 사랑을 느낄 수 없었다. 내면의 사랑으로부터 자신을 단절시켰기 때문이었다. 나는 스스로 만든 분리의 지옥에 갇혀 버렸다. 그리고 그날 저녁 내내 빠져나오지 못했다. 수업을 마치고 방으로 달려가 몇 시간 동안 흐느껴 울었다. 난 기도했다. 사랑의 길로 다시 돌아올 방법을 찾을 수 있기를 간절히 빌고 또 빌었다.

내 인생에서 가장 고통스럽고 중요한 경험이었다. 사실 값으로는 따질 수 없을 만큼 소중한 선물이었다. 힘겨웠던 그 시간에 내가 어찌 하느님과 분리되는지를 분명히 보았다. 나는 스스로를 하느님으로부터 분리시켰다. 하느님의 사랑으로부터 분리시켰다. 내 사랑의 마음으로부터 분리시켰다. 이성에서 비롯된 '부정'이 내 안의 어둠 속으로 나를 묻어 버리는 것을 똑똑히 목격했다. 이전의 기쁨이 넘치던 상태와 이후의 분노로 가득했던 상태가 얼마나 뚜렷하게 차이가 나는지, 이러한 붕괴의 과정이 얼마나 빠르고 극적으로 일어나는지를 보았다. 형언할 수 없을 만큼 깊고 인생을 변화시킬 만큼 엄청난 경험이었다.

이 경험을 통해 분명히 배웠다. 하느님과 나의 연결을 조절할 수 있는 사람은 오직 나뿐이었다. 나와 연결될지 단절될지를 결정하는 것은 하느님이 아니다. 모든 것은 나에게 달려 있다. 하느님은, 하느님의 사랑은, 하느님의 은총은, 항상 같은 자리에 있다. 어리석은 판단과 끝없이 이어지는 부정, 자신과 다른 이에 대한 비판으로 하느님과의 단절을 초래하는 것은 바로 '나'인 것이다.

그 뒤로 모든 상황과 모든 사람 속에서 하느님을 보는 연습을 의식적으로 거듭했다. 여러분에게도 이 방법을 가장 먼저 권하고 싶다. 사물과 상황과 자신을 포함한 사람에 대해 얼마나 많은 부정적인 생각을 품고 살아가는지, 그리고 하루를 마치고 난 뒤 어떤 기분이 드는지 살피는 것에서 시작하라. 당신의 하루가 어두운 생각으로 가득하다면, 삐딱한 생각이 드는 것이 뭐 그리 이상하겠는가? 어쩌면 그건 온종일 일들이 잘 안 풀렸기 때문이 아닐지도 모른다. 온 동네 휴지통을 들쑤시고 다니는 말썽꾸러기 강아지처럼 제멋대로 돌아다니도록 마음을 내버려 두었기 때문인지도 모른다.

부정적인 생각이 고개를 드는 것을 인식하게 되거든 적당한 순간에 어두운 생각을 하느님에 대한 생각으로 바꾸는 연습을 하라. 그 즉시 영적인 상태가 변화하는 경험을 하게 될 것이다. 자신의 마음과 내면의 하느님과 다시 연결될 것이다.

삶 속으로 하느님을 청하는 것은 누군가와 함께 집에 머물고 싶은 것과 같다. 그러자면 먼저 그 사람을 초대해야 한다. 특별한 초대장을 보낸다면 그 사람과 함께할 수 있는 확률이 더 높아질 것이다. 어쨌거나 "언제 시간나면 한 번 들러 달라."고 말하는 것보다는 훨씬 나을 것이다. 그러니 의식적으로 행동해야 한다. 하느님에게도 특별한 초대장을 보내야 한다. 바다나 산이나 공원으로 가는 것도, 집에다 초를 몇 개 켜는 것도 좋다. 결심이 서거든 어디에든 자리를 잡고 앉아 이렇게 말하라. '하느님, 제 삶에 나타나실 당신을 맞이할 준비가 되었습니다. 당신께서 어떻게 오실지는 모릅니다. 오셨을 때, 알아볼 수 있을지도 모릅니다. 하지만 친밀한 관계를 일궈 나갈 준비가 되었습니다. 제가 알아챌 수 있도록 신호를 보내 주세요. 참된 스승을 보내 주세요. 옳은 길로 인도해 주세요. 이 모든 것들이 제 앞에 왔을 때 알아 볼 수 있는 지혜를 주세요. 그 길을 걷고, 보이지 않는 세상으로 여행을 떠날 수 있는 힘과 용기를 주세요.'

삶 속에서 하느님의 존재를 경험할 수 있기를 간절히 청한다면, 그렇게 될 것이다. 우주는 공허함을 싫어한다. 당신이 스스로 마음의 문을 열면, 하느님께서 답하실 것이다. 잊지 마라. 그것이 당신 내면에 자리한 하느님의, 당신 자신의 목소리라는 사실을. 하느님께서 오랫동안 당신의 초대를 기다렸다는 사실을.

초대한 뒤에는 대답을 들을 수 있는 기회를 만드는 것이 중요하다. 내면의 하느님께서 스스로 모습을 드러내는 느낌을 갖게 되는 순간을 경험하자면 그리해야만 한다. 하느님께 닿기 위해서는 삶 속에 고요함을 위한 공간을 마련해야 한다. 항상 허둥대며 살아간다면 결코 조용한 시간을 가질 수 없다. 내면의 목소리에 귀 기울일 수 있는 고요한 시간이 없다면 당신 안에서 당신에게 말을 건네는 하느님을 느낄 수도 없다. 쩌렁쩌렁 음악이 울려 퍼지는 커다란 라디오를 들고 아름다운 산길을 걷는 것과 마찬가지다. 그러면 새들과 산짐승들, 바람의 소리를 들을 수 없게 된다. 그러니 끊임없이 소리와 외부 자극에 휩싸인다면 자기 안에서 들려오는 메시지는 놓치게 되고 말 것이다. 마음의 목소리는 지극히 고요하다는 사실을 항상 기억해야 한다.

온전하게 고요한 시간을 갖는 것은 반드시 필요하다. 단 5분이라도 라디오를 끄고 고요한 상태에서 운전을 해 보라. 집으로 돌아와 고요한 장소에 자리를 잡고 앉는 시도를 해 보라. 초를 켜고 눈을 감는 것도 좋다. 명상하기에 적당한 장소를 마련할 수 없다면 당신의 생각을 가만히 들여다보라. 그리고 그 생각들 사이에서 고요한 장소를 찾아내라. 바로 그곳에, 당신의 진정한 자아가 있으니.

나의 경험으로 미루어 내면의 목소리는 지극히 고요해 포착하기가 어렵다. 그래서 더욱 고요한 상태에서 귀 기울여야 한다. 머리로 깨달을 수 있는 것이 아니다. 말로 표현할 수도 없다. 논리적이지도 않다. 마음의 언어이기 때문이다.

대부분의 사람들은 자신에게 마음의 목소리에 귀 기울일 기회를 주지 않는다. 이성을 통해 들으려고 애쓰는 까닭이다. 우리는 생각한다.

'신께서 뜻을 전해 주시기만 기다리며 앉아 있었어. 그런데 내 머릿속에 떠오른 생각이라고는, 세탁소에 옷 찾으러 가야 한다는 것과 앉아 있으려니 등이 아프다는 것과 고양이 밥 줘야 한다는 게 다였

는걸.'

신을 생각할 때 당신이 떠올리는 것은 함께 나누는 대화가 아닌 것이다. 그보다는 당신의 이성을 통해 신의 뜻이 일방적으로 전해지기를 기다린다. 하지만 신은 그곳에 머물지 않는다. 그곳은 신의 거처가 아니다. 신은 당신의 이성을 통해 나타나지 않는다. 이성은 우리를 신과 분리시킬 뿐이다.

그보다는 스스로 마음의 소리에 귀 기울일 수 있는 시간을 허락해 보라. 어떤 느낌을 그냥 흘러가도록 내버려 뒀다가 큰 곤경에 처했던 적이 있는가? 그 느낌이 바로 신께서 당신에게 전하려는 뜻이다. 날마다 그러한 느낌들에 주목하라. 그리고 존중하라. 주의를 기울이기만 한다면 뜻과 부름과 방향이 항상 스스로 제 모습을 드러내는 법이다. 마음의 지도를 따라 걷는다면 삶에 작은 기적들이 일어날 것이다. 이성이 전하는 논리적인 이야기에만 귀 기울인다면 당신의 삶은 무척 지루해지고 말 것이다. 은총이란 결코 논리적인 것이 아니니까. 사랑도 그러하다. 기적도 마찬가지다.

영적인 여정을 통해 다른 이와 교류하는 것 또한 중요한 수행 방법 중 하나다. 같은 마음을 가진 이들과 우정을 나누는 일. 그것은 우리의 삶에 은총을 불러들이는 자석과도 같다. 영적인 깨달음을 얻은 이들과 가깝게 지내면, 당신 또한 그와 비슷한 영적 울림을 가지게 된다. 당신이 구하는 것을 대표하는 장소로 찾아가라. 그곳이 교회든 명상 단체든, 당신에게 알맞은 느낌을 주면 족하다.

끝으로, 다양한 모습으로 당신을 찾아오는 하느님의 모습을 잘 살펴라. 하느님은 모든 창조물을 통해 모습을 드러내신다. 온 우주가 하느님을 대변하는 것이다. 산들바람이 부드럽게 귓가를 스칠 때 하느님이 당신을 어루만지는 것이다. 친구가 입맞춤을 건넬 때 하느님이 당신을 따뜻하게 안아 주는 것이다. 집에서 기다리던 애견이 열광적으로 반겨 줄 때 하느님이 당신을 반갑게 맞아 주는 것이다. 햇살이 따뜻하게 온몸을 감쌀 때 하느님이 당신을 환하게 비춰 주는 것이다. 은총은 언제나 지금 이 순간 당신의 삶 속에 존재한다. 그것이 바로 진실이다.

chapter 3

발견하는 신
Discovering God

중요한 것은 신의 진실을 향해
스스로 마음의 문을 여는 것이다.

토머스 머튼

고통 없이는 찬란함도 없다

신성하고 거룩해지고자 한다면
지상의 숨 쉬는 모든 것들을
온 마음으로 사랑하고 섬겨야만 한다.
신성하고 거룩한 존재가 그러하듯이.

앤드루 하비

앤드루 하비

　　　　　　저명한 작가이자, 연사, 교사다. 1952년 인도에서 태어난 영국인이다. 옥스
퍼드에서 수학했다. 1977년 인도로 돌아가 영적 탐구와 연구를 하고 수행의 길에 올랐다. 후학 양
성을 위해 유럽과 미국으로 돌아온 뒤에도 동·서양의 신비 문학 연구를 위한 탐구를 계속했다. 두
권의 영적 자서전 『A Journey to Ladakh』, 『Hidden Journey』를 냈다. 그 밖의 저서로 『The Direct
Path』, 『Son of Man』 등이 있다.

일어나는 모든 일들, 느끼는 모든 것들, 그리고 일생 동안 받아들이게 될 모든 것들은 당신이 신과 맺어 가는 관계와 깊은 연관이 있다. 살아 숨 쉬는 모든 것들은 자기 안에 신성한 의식을 한 조각씩 품고 있다. 세상에 태어난 모든 이들은 완전한 신성함과 직·간접적으로 연결되어 있다. 우주는 우리의 어머니다. 삶은 우리의 어머니다. 삶에서 일어나는 사건들은 우리를 보다 깊은 깨달음으로 이끌어 주려 애쓴다. 우리의 임무는 태어나면서부터 맺어진 이러한 관계의 중요성을 깨닫는 것이다.

　시인 루미는 노래했다. 우리가 경험하는 모든 기쁨은 신의 태양에서 쏟아지는 햇살이라고. 달콤한 과일을 맛볼 때 당신은 신의 몸을 맛보는 것이다. 친구나 연인, 혹은 거리에서 마주친 아이의 얼굴을 바라보며 느끼는 기쁨은 사실 우주에 존재하는 신과 마주한 당신의 영혼이 외치는 기쁨의 탄성이다. 당신의 마음을 떨리게 하는 아름다운 음악은 사실 창조주의 위대한 음성 가운데 하나의 음에 지나지 않는다. 이것을 이해할 때, 당신은 비로소 이해하게 될 것이다. 신성함이란 결코 당신과 동떨어진 것이 아니며 인생의 모든 순간 한가운데에서 열정적으로 춤추고 있다는 사실을 말이다.

이해를 좀 더 발전시키기 위해, 신과의 개인적인 관계를 보다 성숙시키기 위해, 우리는 모든 위대한 종교의 가르침을 심각하게 곱씹어 보아야 한다. 이들이 이야기하는 방법은 놀라울 만큼 서로 비슷하다. 영광, 열정, 무모함, 그리고 사나운 모든 것들을 과장하지도, 노래하지도 않는다. 신과 직접 만나는데 방해가 되기 때문이다. 다만 설명할 뿐이다. 신의 극진한 사랑을 받아들일 수만 있다면, 우리 모두는 살 수 있다고.

기본적으로 누구나 세 가지 방법을 통해 신과 직접 만날 수 있다. 기도와 명상과 섬김이 바로 그것이다. 사람들은 내게 말한다. "기도하기가 너무 힘듭니다." 그러면 난 이렇게 답한다. "그냥 신께 말을 걸어보면 어때요? 당신을 가장 뭉클하게 하는 신의 모습을 향해 말을 걸어 보세요. 지금 당신이 처한 어려운 상황을 편하게 털어놓으세요. 사랑이 넘치는 존재가 당신의 이야기에 귀 기울이고 있습니다.

당신 내면의 자아를 깨우기 위해 애쓰고 있습니다. 그 사실을 잊지 마세요."

이것이 바로 모든 문화의 종교들이 우리에게 주는 답이다. 그러니 끊임없이 기도하는 습관을 길러야 한다. 누구나 할 수 있다. 어떤 상황이든 상관없다. 복잡하게 생각할 것도 없다. 지극히 단순하며 꾸밈없는 과정이니.

기도와 하나 되는 것이 중요하다. 그렇게 신에게 말을 걸어라. 지극히 간단한 일상의 명상 연습을 통해 신의 이야기에 귀 기울이는 것이다. 다시 한 번 당부하건데 결코 복잡하지 않다. 최대한 등을 곧게 펴고 앉아서, 자신의 생각을 응시하라. 하늘에 흘러가는 구름처럼 바라보려 애써라. 생각이 흘러가면 하늘만 남게 된다. 활기에 넘치는 순수한 빛을 간직한 하늘만이 말이다. 바로 그 빛이 당신의 본성이다. 또한 깨달음의 본성이다.

이렇듯 간단한 명상을 날마다 아침저녁으로 20분씩 연습하라. 그러면 넓고 고요하며 즐겁고 더없이 행복하며 모든 삶에 대한 애정으로 가득한 당신의 본성과 다양한 숙명적 고통에 사로잡힌 당신의 후천적 자아 사이에 점점 틈이 생겨나게 될 것이다. 천천히 그 틈이 눈에 띌 것이다. 그렇게 되면 자제와 초연함을 연습할 수 있다. 후천적 자아를 두렵고 맹목적으로 만드는 다양한 집착으로부터 조금씩 자유로워질 수 있다. 그러면 비로소 풍요로운 영적 능력과 점점 더 조화를 이룰 수 있게 되는 것이다.

하지만 당신이 깨달은 신의 사랑을 사람들에게 베풀지 않는다면, 기도도 명상도 당신에게 큰 도움이 되지 못할 것이다. 노자, 부처, 공자, 예수와 같은 모든 위대한 현자들은 말했다. 신의 사랑을 경험하고자 한다면 주변의 사람들을 사랑해야만 한다고. 먼저 가족과 친구들을 사랑하고, 다음으로 오늘 하루 마주친 모든 이들을 사랑하며, 마침내 세상 모든 이들을 사랑해야 한다고. 누구나 세상 속에서 다른 이들을 섬기며 살아가는 방법을 찾을 수 있다. 욕심 없는 사랑을 키워 갈 수 있다. 그리해 신성함을 향해 한 걸음씩 다가서게 되는 것이다. 겸손, 경외, 소박한 마음을 추구한다면, 신성한 삶을 살아갈 수 있다. 필요한 것은 기도와 명상, 그리고 섬김뿐이다.

그러나 이는 세상의 압력에 정면으로 대항한다는 의미다. 우리는 신성을 부정하는 문화 속에서 살아가고 있다. 나는 이를 '이성의 포로수용소'라 부른다. 문화가 지닌 무시무시한 설득의 힘에 겁먹은 우리는 신과의 심오한 관계를 스스로 포기해 버렸다. 현대의 삶은 스트레스로 가득하다. 믿을 수 없을 정도다. 대부분의 사람들은 경제적, 정서적으로 매우 불안한 삶을 이어 간다. 이는 초자연적이고 신비주의적이며 절대적이고 완전한 실재를 부정하는 세상의 시각과 깊이 연관되어 있다. 때문에 사람들은 더 이상 신성을 믿고 신뢰하기 어려워지고 말았다.

118

신성함과의 연결을 의식하는 것은 무척 어려운 일이다. 그렇지만 마음만 먹는다면 누구나 할 수 있는 일이기도 하다. 라마 크리슈나는 말했다.

"사람들이 항상 내게 와 묻습니다. '왜 신을 볼 수 없나요? 왜 신을 느낄 수 없나요? 왜 신을 음미할 수 없나요?' 그러면 나는 늘 이렇게 대답합니다. 승진을 위해, 부정을 위해, 부를 쌓기 위해 당신이 쏟는 에너지를 영적인 삶에 쏟을 수 있다면, 그 답을 얻을 수 있을 것이라고. 그날이 금방 오지 않을지도 모릅니다. 하지만 인내를 가지고 기다린다면, 반드시 올 것입니다."

그렇다. 신과의 관계를 맺어가는 일에 있어서 지름길이란 없다. 하지만 넉넉히 시간을 들이기만 한다면 실패하는 법도 없다. 필요한 것은 성심을 다하는 것뿐이다. 마음을 열고 한 걸음 다가가면 신은 당신을 향해 천 걸음 다가올 것이다. 깊은 내면에서 우러난 작지만 진정한 움직임이 가능할 때 신은 당신에게 깨닫게 할 것이다. 기꺼이 받아들일 준비가 된 바로 그 순간 신은 당신이 깨달을 수 있도록 애쓸 것이다. 신이 당신과 함께 있으며, 당신이 보호받고 있다는 사실을 알려 주기 위해 필요한 모든 표징을 동원할 것이다. 물론 한 단계 도약할 준비가 되어 있지 않으면, 기꺼이 기회를 붙잡을 뜻이 없다면, 결코 경험할 수 없는 일이다.

하지만 사람들은 이런 기회를 붙잡기를 무척 두려워한다. 모든 것이 풍족한 사회 속에서 살아가기 때문이 아닐까 한다. 텔레비전이 필요하다고 하자. 그러면 밖으로 나가 그만큼 일을 하고 한 대 사면 그만이다. 도자기에 대해 배우고 싶다면 수업을 들으면 된다. 하지만 신과 관계를 맺고자 한다면 활동적이고 열정적인 참여가 필요하다. 당신은 홀로 위험을 감수해야만 한다. 모든 것을 내맡겨야만 한다. 불속으로 뛰어들어야만 한다. 대신해 줄 사람은 아무도 없다. 아니, 아무도 그렇게 해 줄 수가 없다. 좀 더 깊이 들여다보자. 쉽고도 빠른 해답을 강조하는 문화 속에서 살아가는 우리는 어느새 편리함의 노예가 되어 버렸다. 이는 우리를 진정한 자아로부터 보다 완벽하게 분리시켰다. 또한 신과 진정한 관계를 맺는데서 비롯될 고단함과 위험으로부터 스스로 멀어졌다.

성장하는 것. 그리해 위대한 신화가 이야기하는 바가 진정한 실재임을 깨닫는 것. 바로 그것이 우리의 임무다. 얼마간의 위험은 기꺼이 감수해야 한다. 자신을 열면, 유연해지면, 경전에서 배운 대로 겸손한 방식으로 시작하면, 그렇게 기도하고 명상하며 섬긴다면, 확실한 답을 얻게 될 것이다. 그 길을 앞서 걸어간 모든 이가 경험한 일이다. 누구나 그 길을 따라 여정에 오를 수 있다. 하지만 일단 여정이 시작되면, 많은 고통을 감내해야만 한다.

이쯤에서 멋진 이야기 한 편을 소개할까 한다. 우리를 신에게 온전히 바쳐야 하는 이유에 대해 라마 크리슈나는 이렇게 설명하고 있다.

어느 날, 왕이 화려한 마차를 타고 거리를 지나고 있었다. 왕의 눈에 옥수수 한 자루를 멘 누추한 차림의 사내가 들어왔다.

그 사내가 불쑥 금관을 쓴 왕에게 말했다.

"드릴 것이 있습니다."

왕이 물었다.

"그렇다면, 네 옥수수를 나에게 모두 주겠느냐?"

사내는 고개를 저었다.

"모두 드릴 수는 없습니다. 그중 낱알 다섯 개만 드리겠습니다."

그러자 왕이 대답했다.

"좋다."

누추한 차림의 사내가 집으로 돌아왔다. 그리고 옥수수를 담아 둔 자루를 열어 보았다. 자루 안에는 다섯 개의 황금 조각이 들어 있었다. 왕이 다섯 개의 낱알 대신 넣어 둔 것이 분명했다. 그 순간 사내는 눈물을 뚝뚝 흘렸다. 너그러움과 신뢰의 마음으로 모든 것을 내맡겼다면, 그래서 옥수수 한 자루를 통째로 내주었다면, 자루 가득 황금이 들어 있었을 것이 분명했기 때문이다.

우리의 외적 열정 또한 이와 같다. 이를 온전히 신께 내놓는다고 하자. 우리의 간섭 없이 신께서 자유롭게 사용할 수 있도록 허락한다고 하자. 그러면 모든 외적 열정은 우리와 함께할 뿐만 아니라, 보다 거룩하게 변할 것이다. 작가를 예로 들어보자. 자신만을 위해 글을 쓰는 작가는 언어를 자기중심적으로 획득한 것에 대한 기쁨만을 느낄 수 있다. 하지만 신성함을 위해 글을 쓴 작가는 글에 대한 열정을 신성한 기쁨과 깨달음으로 통하는 문으로 삼을 수 있다. 오직 자신의 즐거움을 위해 다른 사람과 쉽게 사랑을 나누는 이는 이기적 관점에서 비롯된 열정의 노예일 뿐이다. 하지만 사랑을 나누는 것이 신성한 우주 에너지의 반향이라는 사실을 이해하고, 자신이 나눈 사랑이 이러한 에너지의 경험이었음을 인식하는 이는 다르다. 그들은 광대한 우주의 기쁨을 경험하게 될 것이다. 그 경험은 어떤 육체적 즐거움과도 비교할 수 없을 만큼 멋지고, 멋지고, 또 멋질 것이다. 그러니 신에게 열정을 바치는 이의 삶은 결코 공허하지 않을 것이다. 오히려 가슴 뛰는 열매로 가득할 것이다.

그런데도 우리는 왜 신 앞에 무릎을 꿇는 일에 대해 그토록 두려워하고 불신하는 것일까? 아마도 그것은 고통에 대한 두려움 때문이 아닐까 한다. 경전에 담긴 내용을 살펴보면, 평범한 인간의 의식이 신성한 인간의 의식으로 변화하는 과정에는 반드시 시련과 고난, 단절이 수반되는 것을 알 수 있다. 질병이나 극심한 육체적 고통으로 인한 경우도 있다. 그리고 거의 대부분의 경우에 심적 고뇌가 동반된다. 완전한 변화에는 엄청난 희생이 따른다. 모든 부활 이전에는 혹독한 시련이 존재하는 법이다. 우리에게 고통을 주고 이를 즐기는 잔

인한 신에 의해서가 아니라, 우주의 성장 법칙에 따라 자신에게 요구되는 바가 무언지 직시하는 순간, 사람들은 겁에 질리게 된다. 그리고 마침내, 신을 위해 사는 것은 결국 죽음까지 내포하고 있다는 사실을 깨닫는다. 이것이 바로 기도와 명상과 섬김의 실천이 그토록 중요한 까닭이다. 이러한 실천은 우리로 하여금 신성한 사랑의 기적에 눈뜨게 하고, 부활할 수 있을 만큼 충분한 사랑과 고난을 겪게 한다.

나에게 가장 중요한 것은 하나의 경험을 통해 성장했을 때, 신 앞에서 더욱더 겸손한 마음을 느끼는 것이다. 보다 신성한 마음과 인간적인 마음을 동시에 느끼는 것이다. 내 안에 깃든 신성한 잠재력이 보다 완전히 깨어나는 것을 느끼면서도 인간적인 부족함을 보다 온전히 깨닫는 것이다. 내적 경험을 통해 언제나 내가 얼마나 부족한 인간인지를 깊이 깨닫는다. 그것만으로도 신의 은총과 신의 도움 앞에 무릎을 꿇어야 할 이유는 충분하지 않은가.

혼자만의 길고 긴 여정에서 나는 세 가지의 주요 단계를 거쳤다. 처음에는 아무것도 믿지 않았다. 분노와 비탄과 절망과 부정으로 가득한 상태였던 것이다. 두 번째 단계에서는 무척 신비로운 경험을 했다. 덕분에 나의 존재에 눈뜰 수 있었지만 동시에 스스로에 대한 지나친 거만함과 매력적인 인상을 갖게 되었다.

나는 운이 좋았다. 엄청난 좌절을 겪고 나서 그동안 추구해 온 모든 것들과 그동안 간직해 온 모든 자아상과 이별할 수 있었으니까.

정화 과정의 결과 신과 더욱 실질적인 관계를 형성할 수 있었다. 경외와 겸손, 깊은 감사가 바탕이 된 가운데 보다 더 친밀한 관계를 일궈 나간 것이다. 이러한 관계가 눈감는 순간까지 더욱 깊어질 수 있기를 소망한다.

세 번째 단계에서 신에 대한 진정한 경험은 축복이나 깨달음과는 거리가 먼 것이었다. 어떤 의미에서 그것은 지극히 평범하기까지 했다. 삶과 존재와 생각과 감정의 구석구석까지 사랑이 깃들도록 애쓰는 것이다. 눈부심이 아닌 진실함. 그것이다. 이 단계에 이르면 거짓된 영적 자아와는 그만 안녕을 고해야 한다. 분명 고통스럽고 두려운 경험이다. 하지만 두 가지를 깨닫고자 한다면 반드시 견뎌 내야 한다. 그렇지 않고서는 자신이 얼마나 보잘것없는 존재인지 알 수 없다. 또한 우주를 움직이는 강력한 힘을 가졌다는 사실에 고개를 끄덕일 수 없다. 두 가지 인식을 반드시 함께 깨달아야 한다. 자신이 보잘것없다는 사실에 철저히 절망하거나 자신에게 신성함이라는 권능을 부여하는 일을 방지하기 위함이다. 우리는 신이 아니다. 우리는 인간인 동시에 신성함을 지녔다. 어느 단계의 감정에 도달하든 항상 더 해야 할 일들과 더 주어야 할 사랑, 소중한 경험이 우리를 기다린다.

사랑을 주고받는 것은 아무리 강조해도 지나침이 없다. 그래서 세속의 집착에서 벗어나기 위해 현실의 고통을 피하기 위해 그토록 많은 이들이 영적인 삶의 여정에 오른다. 이것은 재앙이다. 자연이 파괴되고 20억 명의 사람들이 절대 빈곤 상태에서 살아가며, 지구상에 존재하는 생물 종의 절반이 사라졌고, 텔레비전에서는 아무런 가치 없는 프로그램들이 쏟아지며, 우리 삶의 질은 점점 떨어지고 있으니. 그러는 동안에 새로운 가치관을 지닌 세대는 모든 것이 변화하며 새로운 시대가 시작되고 있다고 얘기한다. 하지만 시작되고 있는 것은 없다. 고난과 진정으로 신비로운 삶이 내뿜는 광채가 심각하게 받아들여지지 않는 이상 어떤 것도 시작될 수 없다. 신성하고 거룩해지고자 한다면 지상의 숨 쉬는 모든 것들을 온 마음으로 사랑하고 섬겨야만 한다. 신성하고 거룩한 존재가 그러하듯이.

위안을 구하려 종교에 입문하는 사람들이 많다. 이는 신과의 진정한 관계라 할 수 없다. 신은 사랑이다. 하지만 창조하고 섬기는 사랑이다. 그 사랑과 진정으로 하나 되길 원한다면, 고통스런 완전한 변화를 감내해야 한다. 이를 견딜 수 있는 사람은 거의 없다. 누구나 고통 없는 영광을 원한다. 한 방울의 땀과 피도 흘리지 않은 채 황금을 얻고 싶어 한다. 불가능한 얘기다. 신성함이란 결코 쉽게 얻을 수 있는 것이 아니다. 신성한 사랑과 행동이 무엇인지 진정으로 깨닫고자 한다면 기꺼이 십자가를 져야 한다. 기꺼이 소멸해야 한다. 보잘것없는 자기만족을 기꺼이 포기할 수 있어야 한다.

멋진 이야기 한 편이 더 있다. 신성함을 찾아 떠나는 여정에서 마주친 진정한 시련을 피하려는 사람에게 어떤 일이 일어나는지를 헨리 제임스는 이렇게 묘사한다. 이야기의 시작에서 한 사내가 자신에게 끔찍한 일이 벌어질 것임을 듣는다. 그래서 잔뜩 움츠러든 채, 다른 사람과의 만남을 멀리하며 지극히 방어적인 존재가 되어 살아간다. 어느 날, 묘지 앞을 걸어가던 사내는 남편의 무덤 앞에서 목 놓아 우는 할머니 한 분을 보게 된다. 그분의 애끓는 슬픔과 그 안에 깃든 사랑을 목격한 사내는 문득 깨닫는다. 자신에게 일어난 가장 끔찍한 일은 아무것도 경험하지 않은 일이라는 사실을 말이다. 그 할머니는 사내에게 삶을 찬란하게 밝혀 주는 사랑이 무언지 보여 준 것이다. 하지만 두려움 때문에, 그러한 찬란함은 결코 사내의 것이 될 수 없었다. 참으로 멋진 이야기다. 또한 우리 모두의 이야기다. 마음을 여는 일에는 고통의 위험이 따른다. 하지만 고통 없이는 찬란함도 없다. 루미가 노래했듯이.

덤불이 활활 불타오른다. 우리를 시험에 들게 한다.
우리는 계시를 원했다. 그러니 지금 타올라야 한다.
처음에 '좋다' 고 대답해 놓고, 이제 와서 왜 웅크리는가?
불의 요정이 되어라. 불꽃으로 멋진 집을 지어라.

빛을 향해 나아가는 법

신이란 머리로 알 수 있는 것이 아니다.
오직 가슴으로 경험할 수 있을 뿐이다.

스티븐 러바인

스티븐 러바인
　　　　　명상과 치유의 기술을 전하는 교사이자, 시인이다. 미국 승려의 가르침 아래
명상 수련을 거친 뒤에, 이에 관한 여러 권의 책을 냈다. 지난 20년 간 아내 온드리아와 함께 불치병
에 걸리거나, 위험에 처한 사람들을 위해 일해 왔다. 『Who Dies?』, 『Healing into Life and Death』를
비롯해 여러 권의 베스트셀러를 낸 작가이기도 하다. 현재 뉴멕시코 북부에 살고 있다.

열세 살 때, 친절한 아저씨가 운영하는 여름 캠프에 참가한 적이 있었다. 그분은 크리스천 사이언스를 신봉했다. 난 그때 처음으로 '신성'을 접했다. 그분은 도덕과 자비가 무엇인지 몸소 보여 주었다. 이전까지 내 주변의 세상에서는 단 한 번도 경험한 적 없는 것들이었다. 어느 날, 부모님에게 전화 한 통이 걸려 왔다. 내가 자기 물건을 훔쳐 갔다는 이웃 사람의 얘기를 듣고는 화가 머리끝까지 난 상태였다. 부모님은 당장 이 일을 바로잡으라며 목소리를 높였다.

　캠프 감독관이었던 아저씨가 이를 우연히 듣게 되었다. 내가 캠프 사무실에서 전화를 받고 있었기 때문이다. 그분은 내가 겁에 질려 두려움에 떨고 있다는 사실을 알아챘다. 수화기를 내려놓자 다가와 나를 꼭 안아 주었다. 난 그분의 가슴에 얼굴을 파묻고 흐느껴 울었다.

그분은 가만히 속삭였다.

"모든 게 다 잘 될 거야. 그러니 심호흡을 해보렴. 모든 게 다 잘 될 거야."

나를 다독이는 목소리를 들으며 고개를 들었다. 그러자 벽에 걸린 액자가 눈에 들어왔다. 액자에는 이런 글이 적혀 있었다.

신은 사랑이다.

아직도 또렷이 기억한다. 그 순간 신의 본성에 대해 어렴풋이 이해했다. 전에는 생각조차 해본 적 없는 일이었다. 지금 나를 품에 안은 이분이 바로 신이고, 자비라는 사실을 깨달았던 것이다. 그분은 결코 나를 심판하지 않았다. 다만 고통에 흐느끼는 한 인간을 아무런 조건 없이 보듬어 줄 뿐이었다.

몇 년 뒤에, 자아 발견과 섬김에 대한 수업에서, 라마나 마라리쉬가 여러 번 강조하는 것을 들었다.

"하느님과 힌두교 스승과 자아는 하나다."

수행이 깊어질수록 하느님과 내가 분리되었다는 느낌은 점점 희미해져 갔다. 분리를 넘어서고 그토록 알고자 애썼던 자아를 넘어서는 과정에서 그동안 내게는 낯설기만 했던 평화와 행복을 발견할 수 있었다.

몇 해 전, 힘겨운 명상 수행에 올랐을 때의 일이다. 문득 내가 자리를 잡고 앉아 있는 마음의 문이 열리더니 빛나는 예수님의 형상이 걸어 들어오는 것이 아닌가.

나는 당황해 말했다.

"아무래도 착각하신 모양입니다. 전 불자입니다. 저쪽에 앉아 있는 사내를 찾고 계신 것이 아닌지요!"

그러자 그분이 가슴에서 우러난 미소를 지어 보였다. 아무런 차이가 없음을 안다는 뜻이 담긴 미소였다. 그분은 공유의 마음에서 비롯된 지극한 자비로 방 안을 가득 채웠다. 그러고는 미동도 않은 채 나의 이야기에 귀 기울였다. 굳어 버린 지식으로 가득했던 나의 정신이 순식간에 부드럽게 녹아내렸다. 나의 가슴을 울린 그분의 신성한 마음 덕분이었다. 그러고 나서 며칠 동안 나는 무아의 상태에 빠져 지냈다.

그 뒤로 나는 종종 '하느님'이라는 단어를 사용한다. 그때마다 무척 편안함을 느낀다. 그 단어에 담긴 뜻을 막연하게 짐작하지 않는데서 비롯된 것이다. 하지만 이 단어가 존재하지 않는 공간이란 없다는 사실을 나는 분명히 알고 있다. 그보다는 하느님이란 머리로 알 수 있는 것이 아니라 오직 가슴으로 경험할 수 있다고 말하는 편이 옳을 것이다. 당신은 하느님을 알 수 없다. 따라서 '진실'을 알 수 없다.

다만 진실이 존재하는 순간으로 직접 들어갈 수 있을 뿐이다. 진실은 경험이다. 깊고 깊은 존재의 우물 속에서 길어 올린 한 모금의 물이다. 마음속에서 피어오르는 수많은 말이나 생각, 통찰이 아닌 것이다.

우리의 모든 고군분투 속에는 신에 대한 깊고 깊은 향수가 깃들어 있다. 우리가 무언가와 만날 때, 사실 신을 만나고 있는 것이다. 꽃을 바라볼 때, 아기를 안을 때, 특별한 음악을 들을 때, 위대한 성인의 눈을 들여다볼 때, 우리를 끌어당기는 것은 자신의 진정한 본성에 대한 깊은 향수이다. 신에 대한 향수는 치유를 향해 우리를 이끈다. 하지만 '신'이라는 단어가 곧 신은 아닌 것처럼, '꽃'이라는 단어도 곧 꽃은 아니다. 신은 우리의 진정한 본성의 직접적인 경험이다. 꽃이 싹트는 기적과 눈부신 색깔, 형언할 수 없는 아름다움의 직접적인 경험인 것처럼 말이다.

그렇지만 신을 만나기 위해 그분의 집으로 걸음을 옮겨야 할 필요는 없다. 우리는 벌써 그 집의 현관문을 열고, 거실에 들어와 있으니까. 해야 할 일은 준비된 의자에 편안하게 앉는 것이 전부다. 문득 내 아내 온드레아의 이야기가 떠오른다.

"어머니의 두 팔은 언제나 당신을 포근히 감싸 안고 있어요. 그러니 당신이 해야 할 일은 그분의 어깨에 가만히 고개를 기대는 것뿐이에요."

루미나 카미르의 시를 읽을 때면, 갑자기 눈물이 흘러내리곤 한다. 이는 자신을 향한 여정의 절대적 기쁨에서 비롯된 것이다. 진정한 본성에는 경계도 한계도 없는 까닭에 직접 체험한 바를 온전히 표현하는 것은 불가능하다. 모든 표현에는 양면성이 있는 법이니까. 짧다면 길지 않은 것이다. 희다면 검지 않은 것이다. 또한 높다면 낮지 않은 것이다. 그러나 무한한 존재의 경험 안에서는 판단의 기준도, 이중성도, 경험을 설명하기 위해 신으로부터 분리되는 사람도 없다.

신의 사랑을 위해 우리는 사랑한다. 신의 자비를 위해 우리는 판단을 넘어선다. 신은 머리로 깨닫는 것이 아니다. 머리는 우리를 신과 분리시킬 뿐이다. 진정으로 당신이 소중히 여기는 것들과 잃어버릴까 두려운 것들, 분신처럼 여기는 것들과 당신을 칭찬받게 하고 비난으로부터 지켜주는 모든 것들의 목록을 빠짐없이 만들 수 있는가. 불가능한 일이다. 그러니 당신과 신이 구별되는 점들도 헤아릴 수 없는 것이다. 신과의 분리를 유지하기 위해 정신의 그릇된 견고함을 보호하고 방어하는 모든 일 또한 부질없는 것이다.

모든 경험은 흐름과 변화의 과정을 겪는다. 맛보고 만지고 듣고 냄새 맡는 모든 순간과 모든 생각에는 시작과 중간과 끝이 있다. 길고 긴 인생길에서 만날 수 있는 한결같은 경험은 꼭 하나뿐이다. 배 속에 있을 때든, 태어날 때든, 혹은 젖먹이 때든 상관없다. 중요한 것은 우리가 인식한다는 사실을 인식하게 된 바로 그 순간 생각과 감정의 모든 현상들이 단순한 존재의 바닥에 잠재하게 된다는 사실이다. 존재에 대한 나의 경험과 당신의 경험은 똑같다. 한계도 없으며, 말로 표현될 수도 없다. 하지만 내가 이것으로 존재하고 당신이 저것으로 존재할 때, 천국과 지옥이 명확하게 나뉘고 전쟁이 일어나며 기아가 발생한다. 나와 당신이 더 이상 '나와 당신'이 아닐 때, 전체에 스며들어 하나가 될 때, 단순한 존재를 구성하는 하나가 될 때, 우리의 작고 여린 자아가 떠다니는 존재의 바다가 될 때, 비로소 신이라 표현할 수 있을 것이다.

신성을 깨닫기 위한 수행은 곧 기억하는 연습이라는 말이 있다. 너머를 보기 위해서는 마음에 담긴 것들을 기억해야 한다. 마음이 가득 차 가슴을 채울 수 없는 지금 이 순간에 존재하기 위해서는 기억해야 한다. 토마스 머튼의 말처럼 진정한 사랑과 기도는 기도가 불가능해져 가슴이 돌처럼 굳어 버린 순간에 비로소 배우게 된다는 사실을.

기억을 돕기 위한 방법은 수없이 많다. 나의 경우에 '신을 기억'하는데 가장 좋은 방법은 매일 명상 수행을 하는 것이다. 날마다 얼마간의 시간동안 혹은 하루에 몇 번씩 난 아내와 함께 가만히 앉아서 호흡의 흐름을 관찰하며 마음의 움직임에 주목한다. 하지만 마음이 오고 가는 것을 지켜볼 뿐, 그 광대함은 결코 방해하지 않는다.

어느 날 아침, 잠에서 깬 나는 생각했다. 어서 일어나 명상을 해야 한다고 말이다. 하지만 그 순간 문득 궁금해졌다. 언젠가 일어나서 명상할 수 없게 되면, 어떤 일이 벌어질까? 누에고치처럼 이불을 만 채로 침대 위에 누워 있어야 한다면, 그렇게 꼼작도 할 수 없다면, 그러면 더 이상 신을 경험할 수 없게 될까? 그래서 침대에 누운 채로 명상을 하기 시작했다. 자리를 털고 일어나야 할 상황이 되기 전까지, 때로는 20여 분 동안, 때로는 몇 시간씩 명상을 했다. 그렇게 침대에 누워, 내 마음 특유의 바람을 지켜보았다. 내 마음은 한 자세를 고수하는데서 비롯된 불편함을 덜어 내고 싶어 했다. 또한 두려움과 오래된 집착과 통제가 없을 때 존재하는 기쁨이 사라져 버린 상황을 모두 놓아 버리고 싶어 했다.

불교에 멋진 말이 있다.

봄이 오니 풀이 저절로 자라네.

통제를 유지하고자 하는, 또한 고통을 회피하고자 하는 모든 시도를 멈추는 지혜에 대한 이야기다. 진정한 자신보다 더 나은 사람이 되고자 하는 시도를 멈추면 자신이 어떤 사람인지 깨닫게 된다. 자신보다 더 나은 사람이 되고자 하는 바로 그 욕망이 신을 잊게 만든다. 진정한 자아를 경험하기 위해 다른 사람이 될 필요는 없다. 마음을 넘어서는 동안, 가슴을 가로막은 것들을 넘어서는 동안, 우리는 발견하게 될 것이다. 지금까지 우리의 모습이 늘 어떠했는지. 또한 앞으로 우리의 모습이 늘 어떠할지를 말이다.

　이제 나는 예전에 종종 경험했던 무아의 경지에 이르지 못한다. 대신 진정한 본성 안에 자리한 평화와 확신의 지속적인 조화를 경험한다. 한때는 신과 깊어지는 자각에 대한 지극한 사랑이 내 인생의 중심에만 깊게 뿌리내리고 있었다. 하지만 이제는 구석구석까지 넓게 스며들었다. 뿐만 아니라 보다 원만하고 평범해졌다. 이제 나는 느낀다. 내가 존재할 때 신도 존재한다. 온 마음을 다해 지금 이 순간에 존재할 때 나의 모든 것이 비로소 신과 하나가 되는 것이다.

　누구나 가끔씩은 지옥과 다름없는 상황에 빠지게 된다. 그럴 때면 더 이상 한 걸음도 앞으로 나아갈 수 없을 것만 같은 깊은 좌절감에 사로잡히고 만다. 하지만 그러한 순간에도 신은 분명 존재한다. 생각과 느낌과 관념과 기억의 끊임없는 변화 아래에는 이해의 범주를 넘어서는 광대함과 자비와 기쁨이 존재한다.

　우리가 그러한 경험을 더 필요로 하면 할수록, 신은 더욱 견고해지는 것만 같다. 사실 신에 대해 이야기할 때, 누구든 없는 말을 보태지 않기는 어려운 법이다. 신을 바라보기 위해서는 신으로부터 분리되어야 하니까. 하지만 더 이상 아무것도 분리되지 않을 때, 집착하거나 비난하지 않을 때, 지배하거나 회피하려는 욕망이 존재하지 않을 때, 그 순간 남아 있는 모든 것. 그것이 바로 신이다.

오감을 통해 신과 만나다

가장 활기찬 순간, 가장 신비로운 순간
나는 깊은 일체감을 갖게 된다

다비드 스테인들 라스트

다비드 스테인들 라스트

　　　　　1953년 뉴욕에서 베네딕트회 수사가 되었다. 비엔나에서 태어났으며, 비엔나 미술 아카데미, 비엔나 대학 심리학 연구소에서 학위를 받았으며, 코넬 대학교에서 박사 과정을 밟은 후 연구원으로 일했다. 철학, 신학, 베네딕트회 수사의 전통에 대해 12년에 걸쳐 정식 수련을 받은 뒤, 불교 스승과 함께 불교 명상 수련하는 것을 허락받았다. 지금은 세계적으로 알려진 Network for Grateful Living을 운영 중이다.

누군가 신과 나의 관계를 묻는다면, 나는 바로 되물을 것이다.

"정확히 어떤 뜻의 신을 말하는 건가요?"

수십 년 동안, 전 세계 사람들과 종교에 대한 이야기를 나누어 왔다. 그리고 오해를 피하고자 한다면, '신'이라는 단어를 아주 조심해서 사용해야 한다는 사실을 배웠다. 모든 종교가 비롯된 신비로운 핵심에 도달할 때, 사람들 사이에는 폭넓은 동의가 존재한다는 사실도 알게 되었다. 특별한 종교를 가지지 않은 사람들조차 신비로운 경험을 마음속 깊은 곳에 간직한 경우를 종종 본다. 나는 이것을 '신'이라는 단어의 의미를 찾는 기준으로 삼는다. '신'이라는 단어는 신비로운 경험으로 말미암은 인식에 깊이 뿌리를 내리고 있어야만 한다.

모든 사람이 이미 동의한 바로 그 인식에 말이다.

가장 활기찬 순간, 가장 신비로운 순간에, 나는 깊은 일체감을 갖게 된다. 그럴 때면 이 광활한 우주 속에서 가장 편안하고 아늑한 집에 머물고 있다는 느낌에 휩싸인다. 내가 이 지구의 일부이며, 지구에서 살아가는 모든 존재가 서로의 일부임을 확신하게 되는 것이다. 친밀함을 느끼는 서로에게 '예스'라고 말하는 것. 옳다고, 좋다고, 그렇다고, 고개를 끄덕이는 것. 그것이 곧 사랑이다. 내가 신에 대해 이야기 할 때, 그 안에 담긴 뜻은 바로 이러한 사랑이다. 친밀함에 대한 위대한 긍정이다. '예스'라고 말하는 순간, 나는 내면에 자리한 신의 사랑을 깨닫는다.

하지만 '예스'에서 비롯된 이러한 사랑에는 분명 일체감을 앞서는 무언가가 존재한다. 깊은 갈망이 바로 그것이다. 사랑을 하면서 갈망과 일체감을 느끼지 않는 이가 있을까? 이 두 가지는 서로를 더욱 강렬하게 만든다. 친밀해질수록 우리는 더욱 완전하게 하나가 되기를 갈망한다. 갈망은 우리의 사랑에 역동성을 더해 준다. 갈망의 열정은 일체감을 표현하고 측정하는 방법이 된다. 변하지 않는 것은 없다. 모든 것은 역동적으로 움직이게 마련이다.

사랑이 진실할 때는 항상, 서로가 일체감을 느낀다. 사랑하는 이가 사랑받는 이의 일부이듯, 사랑받는 이 또한 사랑하는 이의 일부가 된다. 나는 이 우주의 일부며 그 근원인 신성한 '예스'의 일부다. 일체감 역시 상호적인 것이다. 이것이 바로 내가 '나의 신'이라 말할 수 있는 까닭이다. 소유하려는 마음이 아니라 사랑하는 가족과도 같은 마음에서 비롯된 것이다.

깊고 깊은 내면에 자리 잡은 일체감이 상호적인 것이라면, 가장 열정적인 갈망 또한 그러할까? 물론이다. 신에 대한 갈망으로 말미암은 경험들은 나에 대한 신의 갈망이기도 한 것이다. 누구라도 비인간적인 힘과 친밀한 관계를 맺을 수는 없다. 신에게 인간의 유한함을 투영해서는 안 된다. 하지만 신성은 인간의 모든 완벽함을 갖추어야 한다. 신을 제외하고, 다른 누가 또 모든 것을 갖출 수 있겠는가?

이쯤해서 신과의 친밀한 관계에 대해 이야기할까 한다. 가장 깨어 있는 순간, 가장 활기찬 순간, 그리고 가장 인간적인 순간 우리는 이를 느낀다. 최소한 어렴풋하게라도 말이다. 좀 더 깨어 있고 충만한 삶을 살아가려고 애쓴다면 신과의 친밀한 관계 또한 더욱 돈독하게 만들 수 있다.

성경에서는 이러한 시각이 "하느님께서 말씀하신다."라는 말로 표현된다. 이는 신과 나의 친밀한 관계를 나타내는 하나의 방법이다. 이를 대화로 이해해도 좋을 것이다. 하느님께서 말씀하시니 내가 대답할 수 있기 때문이다.

하지만 하느님께서 어떻게 말씀하실까? 그분은 존재하는 모든 것을 통해 말씀하신다. 모든 사물과 인간, 상황이 곧 그분의 말씀이다.

온 세상이 나에게 무언가를 이야기한다. 그리고 나의 대답을 요구한다. 매 순간 모든 말씀에 대답을 해 나가면서 나는 신께서 내 안에, 나에게, 나를 통해 하신 말씀이 되어 간다.

그러니 온전히 깨어 있는 것이 얼마나 중요한지 모른다. 지금 이 순간 신께서 나에게 전하려는 뜻에 집중하지 않은 채, 어찌 완전한 대답을 할 수 있겠는가? 또한 나의 모든 감각들을 활짝 열어 두지 않은 채, 어찌 그분의 말씀에 집중할 수 있겠는가? 다함이 없는 그분의 시는 다섯 가지 언어를 통해 나에게 전해진다. 시각, 청각, 후각, 촉각, 미각이 바로 그것이다. 그러니 나의 감각을 통하지 않고, 어찌 인생을 이해할 수 있을까?

감각들이 언제 가장 쉽게 대답하는지 누군가 묻는다면, 나는 망설임 없이 작은 정원에서 일하는 순간을 떠올릴 것이다. 감미로운 향기 때문에, 재스민과 파인애플 민트와 세이지와 백리향과 여덟 종류의 라벤더를 키운다. 한 조각의 작은 땅에 뿌리내린 풀잎들이 얼마나 매혹적인 향기를 뿜어내는지! 들려오는 소리 또한 참으로 다양하다. 봄비, 가을바람, 그리고 1년 내내 계속되는 새들의 노래. 구슬피 우는 산비둘기, 큰 어치, 굴뚝새. 정오 무렵 날카로운 매의 외침, 해질녘 올빼미의 부엉부엉 울음소리. 자갈 위로 미끄러지는 빗자루 소리, 처마 밑 흔들개비가 바람에 떨리는 소리, 그리고 살며시 정원 문이 닫히는 소리…. 누가 딸기나 무화과의 맛을 온전히 말로 옮길 수 있을까? 촉각을 통해 전해지는 수많은 것들 또한 그곳에 있다. 이른 아침 맨발에 닿는 촉촉한 풀잎도, 선선한 저녁에 가만히 기대곤 하는 햇살을 가득 머금은 따뜻한 울타리도 말이다. 나의 시선은 가깝고 먼 곳 사이에 자리한 모든 것들을 부지런히 응시한다. 꽃잎 사이에서 길을 잃고 서성이는 금빛을 띤 녹색 딱정벌레부터, 절벽 아래에서 시작해 바다와 하늘이 안개 속에서 만나는 아득한 수평선으로 이어진 광대한 태평양까지.

물론 인정한다. 이렇듯 고요한 혼자만의 장소를 갖는 것이 더할 나위 없이 소중한 선물임을. 이러한 공간은 마음을 넓히고, 감각을 깨워, 하나씩 차례로 생명력을 불어넣는다. 어떤 환경 속에서 살아가든, 이런 종류의 경험을 위한 얼마간의 시간과 공간을 마련해야 한다. 인생에서 반드시 필요한 일이다. 결코 불필요한 호사가 아니다. 이러한 순간에 활기를 찾는 것은 우리의 눈이나 귀뿐만이 아니다. 우리의 마음 또한 귀 기울이고 대답하게 된다. 모든 감각이 열려야, 우리의 마음이 무디고, 느리며, 지친 상태에서 벗어날 수 있다. 마음이 깨어나면, 비로소 책임을 요구하는 소리에 귀 기울이게 된다.

우리는 대답과 책임의, 또한 민감함과 사회적 요구 사이의 밀접한 관계를 간과하는 경향이 있다. 안과 밖은 하나이다. 눈을 통해 진정으로 바라보는 법을 배우면, 가슴으로도 바라볼 수 있게 된다. 차라리 못 본 척 지나쳤던 것들을 똑바로 바라보기 시작하면 우리가 살아가는 이 세상에 지금 어떤 일들이 일어나는지 볼 수 있게 된다. 두 귀를 열고 듣는 법을 배우면 우리의 가슴이 억압받는 이들의 통곡에 귀기울일 수 있게 된다. 자신의 육체와 소통하는 것은 곧 세계와 소통하는 것이다. 우리의 무디고 무딘 마음이 외면했던 제 3세계와 다른 모든 지역에 살아가는 이들과 소통하게 되는 것이다.

여행을 하는 동안, 나는 얼마나 쉽게 집중이 흩어지는지 깨달았다. 감각이 과포화 되면 경계가 흐려지는 경향이 있다. 감정의 홍수 속에서는 도무지 마음을 한 곳에 모을 수 없게 된다. 하지만 세상으로부터 도망쳐서는 안 된다. 지금 이 순간, 바로 이곳에서 고요함을 찾아야 한다. 그리고 세상의 고동 소리에 귀를 기울여야 한다. 우리는 저마다 혼자만의 시간과 공간이 필요하다. 유념하는 마음을 키우기 위해서는 반드시 그리해야 한다.

어떻게 하면 이를 실행에 옮길 수 있을까? 유념하는 마음을 키울 방법이 있기는 한 것일까? 다행스럽게도 수없이 많다. 내가 선택한 방법 중 하나는 바로 감사하는 마음이다. 감사하는 마음을 연습하고, 키우며, 배우는 것이다. 감사하는 마음이 커져 가면 유념하는 마음 또한 커지게 된다. 아침에 눈을 뜨기 전에 나는 볼 수 있는 두 눈을 가졌다는 사실을 되새긴다. 세상에는 앞을 못 보는 형제자매가 수없이 많음에도 불구하고 말이다. 이런 생각을 마음에 품은 채 눈을 뜨면 눈앞에 보이는 모든 광경에 감사하게 된다. 또한 이렇듯 소중한 선물을 받지 못한 이들이 처한 어려운 상황에 유념하게 된다. 저녁에 전등을 끄기 전에 새롭게 감사하는 마음을 품게 된 일을 글로 남긴다. 지난 수년간 해 온 일이지만 앞으로도 글감의 샘은 결코 마르지 않을 것 같다.

감사하는 마음은 삶에 기쁨을 가져다준다. 당연하게 여기는 것들로부터 어찌 기쁨을 얻을 수 있겠는가? 그래서 나는 '당연히 여기기'를 그만 두었다. 그러자 수많은 놀라움들이 끝도 없이 이어졌다. 감사하는 태도는 지극히 건설적이다. 모든 순간 주어지는 모든 기회가 곧 선물이 되기 때문이다. 즐겁게 보고, 듣고, 냄새 맡고, 만지고, 맛보는 모든 기회가 무엇보다 소중한 선물이 되는 것이다.

감사하는 마음을 표현할 때 주는 사람과 감사하는 사람 사이에는 끈끈한 유대감이 생겨나는 법이다. 모든 것이 선물이다. 감사하는 삶은 축복이다. 우주에 존재하는 모든 주고받는 삶에 대한 찬가이다. 친밀함에 대한 끝없는 '예스'이다.

감사하는 마음 없이 우리가 사는 세상이 존속할 수 있을까? 이 물음에 대한 답이 무엇이든 한 가지만은 분명하다. 친밀함을 느끼는 서로에게 조건 없이 '예스'라고 말할 때, 세상이 훨씬 더 즐거워지리라는 사실 말이다. 그런 까닭에 나는 '신'과 가장 가까운 단어로 주저 없이 '예스'를 꼽겠다.

위대한 비밀

영혼은 이미 당신 안에 살아 숨 쉬고 있다.
당신의 육체 속, 모든 세포 안에 살고 있는 것이다.
자신의 생기와 소통함으로써
당신은 비로소 위대한 영혼과 소통할 수 있게 된다.

브룩 메디슨 이글

브룩 메디슨 이글

교사, 가수, 생태학자, 그리고 아메리카 원주민 의식을 조사한 『Buffalo Woman Comes Singing』의 저자다. 신경언어학을 기반으로 하여 적극적 사고를 돕는 기법인 '신경 언어학 프로그래밍'과 신체 조절 요법인 '펠덴크라이스 요법'의 전문가이자, 카운슬러다. 현재 몬태나 주 플랫헤드 벨리에 산다.

내가 신과 맺어온 친밀함의 역사는 어린 시절로 거슬러 올라간다. 나는 작은 시골 농장에서 성장했다. 인생을 충만하게 만들어 준 세 사람과 수많은 동물들, 땅과 하늘, 바람도 그곳에서 만났다. 아이였을 때 나는 모든 것을 통해 신과 만났다. 그렇게 주변의 모든 아름다움을 사랑했다. 참으로 멋진 곳이었다. 산에는 미루나무 숲 사이로 시내가 흘렀고, 온갖 종류의 야생동물들과 새들이 가득했다.

　언젠가 어머니에게 말했다.

　"천국이 꼭 이런 모습 일 것 같아요. 동물들이 우리에게 말을 걸고, 우리를 두려워하지 않을 거예요."

　인디언 주신인 '위대한 영혼'과 친밀한 관계를 일궈 갈 때, 당신은 먼저 하나의 사실에 주목하게 될 것이다. 당신이 예전부터 영혼과 친근한 관계를 유지해 왔다는 사실 말이다. 영혼이란 얻으려 애쓰거나 내 놓으라고 요구하거나 단단히 붙잡아야 하는 어떤 것이 아니다. 찾기 위해 티베트로 가야하는 것도 물론 아니다. 영혼은 이미 당신 안에 살아 숨 쉬고 있다. 당신의 육체 속, 모든 세포 안에 살고 있는 것이다. 자신의 생기와 소통함으로서 당신은 비로소 위대한 영혼과 소통할 수 있게 된다. 필요한 것은 조금 다른 태도를 갖는 일이 전부다. 당신이 얼마나 크고 깊은지, 얼마나 높은지 깨닫는 것이다. 자신이 바로 신이라는 사실을 기꺼이 인정해야 한다. 당신이 존재하는 모든 것들의 작고 작은 일부에 지나지 않는다 할지라도 존재하는 모든 것과 연결되어 있으며 존재하는 모든 것과 하나이기 때문이다.

다른 종류의 태도와 능력을 기르는 것도 도움이 된다. 삶과 신성함, 전체를 더욱더 소중하게 여기는 것이다.

언젠가 어르신 한 분이 나에게 물었다.

"우리가 큰 고래의 삶을 축복하는 노래를 부른 지 얼마나 되었나? 꽃들의 삶을 축복하는 춤을 춘 지 얼마나 되었나? 우리 삶의 모든 순간을 축복하는 춤을 춘 지는 또 얼마나 되었나?"

정말 너무 오래된 것 같다.

세상에 처음 태어났을 때 우리는 오직 어머니에게만 집중한다. 우리의 작은 얼굴은 오직 어머니의 얼굴만을 응시한다. 그것이 우리가 보는 전부다. 아마도 뒤이어 아버지와 형제자매, 친지들의 모습이 차례로 우리의 시선에 들어올 것이다. 시간이 흐르면서 사랑하고 집중하며 친밀함을 만들어 가는 우리의 능력이 확대되기 시작한다. 씨족이나 모임의 일원이 되면 그 집단에 속한 다른 일원들을 보듬어 안는다. 때로는 그보다 훨씬 많은 수의 사람들을 포용할 만큼 큰 인물이되기도 한다. 한 도시의 어머니라고 불릴 만큼 큰 인물이 말이다. 이런 사람은 모든 사람과 도시를 사랑한다. 선한 방식으로 사람들을 사랑하고 지지한다. 그들을 존경하는 마음으로 좋은 일들을 실천에 옮긴다. 한 나라의 어머니라고 불리기에 충분한 이들도 있다. 집중하는범위를 넓히면, 보다 큰 사랑을 실천할 수 있다. 이런 종류의 사랑에널리 비유되는 분이 바로 대자연의 어머니다. 그분은 충분히 크다.또한 언제 어디서나 우리 모두를 두 팔로 감싸 안기에 충분할 만큼의넉넉한 사랑을 지녔다. 이렇듯 위대한 신비까지, 존재하는 모든 것에까지 집중의 범위를 넓히면, 실로 놀라운 경험을 하게 된다. 중요한것은 행할 수 있는 능력을 키워 나가는 일이다.

집중에 대해 이야기할 때, 내가 뜻하는 바는 '자신에게 얼마나 집중할 수 있을까?' 하는 것이다. 아이였을 때 우리는 고작해야 몇 초밖에 집중하지 못한다. 해가 갈수록 집중할 수 있는 시간이 조금씩늘어난다. 하지만 삶을 존경하고 사랑하는 능력을 기르며 주변의 모든 것을 존중하는 마음까지 키워 나가는 경우는 드물다. 옛날 인디언

라코타족 어머니들의 주된 임무는 태어난 아이들에게 순환하는 삶의 고리 속에서 모든 것과 연결되어 있다는 사실을 가르치는 일이었다.

그들은 아이와 함께 걸으며 말했다.

"다람쥐가 보이지? 네 형이란다. 나무도 보이지? 우리는 모두 연결되어 있단다. 이것이 너의 가족이란다. 모두가 너와 한 가족이지."

모든 아이들이 이런 방식으로 양육되었다. 덕분에 모두가 서로 연결되어 있고 모두가 한 가족이며, 모두가 깨어 있다는 사실을 깊이 인식했다. 라코타족 아이들은 아주 어릴 적부터 전체에 집중할 수 있는 기회를 가졌다. 아이들은 사물의 영적인 측면에 집중했다. 그리고 성장하면서 그 능력을 점점 더 키워 나갔다.

우리도 인식할 수 있다. 우리 안에 그러한 영이 자리하고 있으며 우리가 신의 일부라는 사실을. 자신을 더 사랑할수록, 다정하고 열린 따뜻한 마음으로 주변의 모든 삶에 더 집중할수록, 모든 것들과 더 좋은 관계를 맺을수록, 우리는 더 아름다운 곳에서 살 수 있다. 필요한 것은 연습뿐이다.

위대한 영혼과 친밀한 관계를 일궈 나가는데 있어서 대화도 큰 몫을 한다. 존재하는 모든 것에게 말을 건네는 것만을 의미하지 않는다. 존재하는 모든 것들 또한 나에게 말을 건다. 나에게 정보와 격려, 배려와 양식을 준다. 완전히 열린 관계이다. 우리 라코타족 사람들에게는 신성한 담뱃대가 있다. 담배를 담는 대통은 지구와 모든 생명을 나타낸다. 가운데가 뚫린 나무 설대가 대통과 연결되어 있는데, 위대한 영혼과 우리가 영원히 연결되어 있음을 의미한다. 담뱃대는 숨결과 떨림, 힘과 생각의 열린 통로다. 모든 것들이 담뱃대를 통해 나갈 뿐 아니라, 들어올 수도 있다. 담뱃대를 통해 호흡하는 것은 영혼을 우리 안으로 끌어당기는 것과 같다. 정보를 끌어당길 수도 있다. 또한 이 다리를 통해 원하는 것은 무엇이든, 누구에게든 내보낼 수 있다. 담배 연기를 뱉어 내거나 숨결과 힘과 생각과 감사와 함께 기도를 하기만 하면 된다.

그 통로는 누구에게나 열려 있다. 중재나 해석을 위해 신령한 이들의 도움을 받아야 할 필요는 없다. 더 나은, 더 열린, 더 확실한, 더 진실한, 더 신성한, 더 성스러운 다리를 만들기 위해 누군가의 도움을 받아야 할 필요가 없는 것이다. 우리 모두는 자신의 가장 깊고 아름다운 부분을 위한 열린 통로를 가졌다. 당신 머리에 손을 얹고, '좋아요, 당신은 자격이 있군요. 그러니 이제 신에 대해 말할 수 있습니다.' 라고 말해 줄 누군가는 필요하지 않다. 이러한 태도는 당신이 영혼과 연결되지 못하며, 그 영토 안으로 발을 들여놓을 능력이 없다는 추정에서 비롯된 것이다. 영혼으로 이어진 다리는 항상 그곳에 있으며, 입구도 언제나 열려 있다. 그러니 다리의 관문 앞에서 서성일 까닭이 전혀 없는 것이다.

신과 이러한 관계를 맺는데 익숙한 사람들이, 어른들이 있다. 우리는 언제든 그들의 울타리 안에 머물 수 있다. 정말 멋진 일이 아닐 수 없다. 그들은 언제든 당신에게 길을 알려 주고, 함께 기도해 주고, 힘과 빛과 지혜가 되어 줄 것이다. 덕분에 당신은 산을 계속 오르고, 당신만의 독특한 방식으로 영혼과 끈끈한 유대를 맺을 수 있다. 우리가 세상 모든 것들과 끈끈하게 연결되어 있다는 사실을 어머니들이 가슴 깊이 인식했다면, 이를 너무나도 감사히 여겼다면, 그러면 우리는 지금과는 무척 다른 모습으로 성장했을 것이다.

우리가 누구이며 신이란 또 어떤 분인가에 대한 더없이 좋은 예가 있으니 홀로그램 이론이 바로 그것이다. 홀로그램 사진은 2차원인 필름에 형성시킨 3차원 영상이다. 만일 사진을 반으로 자른다면, 각각의 조각에는 다시 처음과 똑같은 모습의 3차원 영상이 나타난다. 그중 한 조각을 다시 반으로 잘라도 결과는 마찬가지다. 처음과 비교하면 반의 반 조각이 된 상태에서도 역시 처음과 똑같은 3차원 영상이 나타나게 되는 것이다. 조각들을 몇 번이고 반으로 잘라도 저마다의 조각에는 같은 영상이 담긴다. 이런 현상이 가능한 것은 필름의 모든 조각들이 필름 전체에 담긴 정보를 담고 있기 때문이다. 다시 말해 부분에 전체가 담겨 있는 것이다. 물론 더 작게 더 많이 자를수록, 조각 안에 담긴 영상은 더 흐릿하고 덜 선명하게 보이게 될 테지만 말이다.

나와 당신, 우리 모두는 작고 작은 조각이다. 모두가 신이라는, 존

재하는 모든 것이라는 커다란 필름이 수도 없이 잘게 쪼개지며 생겨
난 조각들이다. 또한 원래 필름에 담겨 있던 커다란 영상이 우리 안
에 있다. 하나도 빠짐없이, 바로 여기에 있는 것이다. 여러 번 거듭해
잘리면서, 내 작은 조각의 모습이 조금 다르게 보일지도 모른다. 하
지만 조금 다르게 보이는 그 조각 안에도 분명 전체의 모습이 고스란
히 담겨 있다. 정말 가슴 두근거리는 일은, 내가 그 조각에 담긴 영상
을 더 선명하게 만들어 나갈 수 있다는 사실이다. 당신과 내 조각을
합하고, 또 거기에 가족들의 조각을 합하고, 그런 다음 친구들의 조
각을 합하고, 이런 과정을 계속 거듭해 나가면 얼마든지 가능한 일이
다. 주변에 존재하는 모든 것들과 좀 더 돈독한 관계를 일궈 나가고,
좀 더 마음을 쏟아 집중한다면, 조각에 담긴 영상 또한 점점 더 선명
해 질 것이다. 우리는 다른 이들에게 손을 내밀 수 있다. 그렇게 깨어
나, 신성한 곳에 두 발을 딛고 설 수 있다. 전체를 아우를 수 있다. 그
리해 더 나은 세상에서 살아갈 수 있다.

모두를 사랑하는 신

세상에 변화가 일어나고 있다는 사실을
나는 믿는다.

바버라 막스 하버드

바버라 막스 하버드

　　　　　작가, 미래학자, 사회학자, 연사다. '긍정적인 미래를 위한 캠페인'으로, 미국 부통령 후보에 이름을 올리기도 했다. 저서로는 『The Hunger for Eve』, 『The Evolutionary Journey』등이 있다.

내가 처음으로 신에 대해 인식한 것은 열여덟 살 때였다. 하지만 이를 '신'이라 칭하지 않았다. '유물론적 불가지론자'였기 때문이다. 유물론이란 만물의 근원을 물질로 보고, 모든 정신 현상도 물질의 작용이나 그 산물이라고 주장하는 이론이다. 난 이 이론에 바탕을 둔 불가지론, 즉 인간은 신을 인식할 수 없다는 종교적 인식론을 믿고 있었다. 이 학설은 유신론과 무신론을 모두 배격한다. 그때 느낀 것은 삶의 틀 밖에서 나를 당기는 무언가를 향한 자석 같은 끌림이 전부였다. 하지만 무엇이 그토록 나를 끌어당기는지 정확히 알지 못했다. 또한 나의 믿음이 이러한 느낌을 지지하지 않았다. 그래서 이러한 끌림이 그저 하나의 번민에 지나지 않는다고 생각하기로 했다.

그리고 수년 동안, 그것은 '내 삶의 더 큰 의미와 더 원대한 목표를 향한 끌림'이었다고 되뇌었다. 하지만 많은 시간이 흐른 뒤에도, 이러한 되뇜을 온전히 받아들일 수가 없었다.

1966년 어느 날, 처음으로 '지극한 영적 체험'을 했다. 그리고 이로 인해 '신'과 함께하는 인생길에 들어서게 되었다. 나는 언덕 위를 걸으며, 공동사회에 대한 라인홀드 니버의 저서에 대해 생각하고 있었다. 그는 책에서 '모든 사람은 한 몸의 지체다.'라는 사도 바울의 말을 인용했다.

이를 염두에 둔 채, 조용히 삼라만상에게 물었다.

"우리의 상황은 어떠한가? 우리 시대의 무엇이 예수의 탄생과 유사한가?"

그 질문을 마음에 간직하고서 꿈결과도 같은 산책을 계속했다. 그러다가 문득, 마음속에서 영화가 상영되는 것만 같은 경험을 했다. 나와 다른 모든 사람들이 가이아, 즉 지구라는 하나의 거대한 유기체 속 세포들임을 목격했던 것이다. 그 순간 내가 전체라는 유기체를 이루는 수많은 세포들 중 하나임을 느꼈다. 마음속 영상에서 지구의 모든 물을 맑았고, 무기들은 모두 사라지고 없었으며, 음식물은 지구의 온몸을 골고루 돌아다니고 있었다.

그리고 어떤 목소리가 들려왔다.

"우리의 상황은 탄생이다. 한 몸으로서 인류의 탄생이다."

신과 친밀한 관계를 맺은 첫 번째 단계는 살아 있는 전체의 한 부분으로서의 내적 경험이었다. 이 경험을 통해 우리가 창조의 과정에 참여하고 있다는 사실을 이해할 수 있었다. 우리는 모두 창조되었으며, 또한 함께 창조했다. 인류 궁극의 운명은 또 다른 획기적인 도약을 이루는 것이다. 무생물에서 생물로, 동물에서 인간으로 변하는 것처럼 말이다. 우리가 아무리 보잘것없다 해도, 각자 저마다의 방식으로 신과 가까워질 수 있다는 사실을 깨닫기 시작했다. 그 목소리와 영상을, 나를 초월했으나 나와 깊이 연관된 신의 목소리로 인식한 것이다.

나는 명상을 하면서 그 목소리에게 질문을 던지기 시작했다. 내면의 목소리를 점점 키워 나갔다. 이 목소리는 누구나, 언제든 들을 수 있다. 귀 기울이는 법을 배우기만 하면 된다. 난 인식하기 시작했다. 내가 창조의 근원과 끊임없이 연결되어 있다는 사실을 말이다. 신의 목소리는 나를 훈련시켜 나갔다. 그리해 나 홀로 동떨어져 있다는 느낌을 극복하게 했고, 나를 북돋아 심오한 임무에 착수할 수 있게 했다. 인류를 한 몸으로 설명하는 것은 우리와 신의 관계가 새로이 정립되는 것을 의미한다. 우리는 신의 파트너이자 공동의 창조자인 것이다. '우리는 하느님의 모습으로 창조되었다.' 는 성서 구절을 떠올렸다. 자신을 아무런 연관 없는 무가치한 존재로 본다면, 그것은 더없이 불경스런 일이라는 것을 깨달았다. 나는 신의 창조물이기 때문이다. 내 안에서 신의 모습을 발견한 뒤로, 나는 오히려 더욱 겸손해졌다. 따뜻함을 경험할 수 있었다. 기쁨을 경험할 수 있었다. 그리고 든든함을 경험할 수 있었다. 신은 나의 가장 든든한 버팀목이 되었다.

우리를 하나로 여기는 마음은 환경, 기아, 빈곤, 그리고 차별의 문제 또한 해결할 수 있을 것이다. 이러한 문제들은 일차원적이고, 물질적인 방법만으로는 결코 해결할 수 없다. 우리가 동참한다면, 새로운 과학 기술이 우주에 존재하는 모든 생명의 창조와 부활과 사랑을 위해 쓰일 수 있다. 무기 제조와 치열한 경쟁에 쓰이지 않고 말이다.

지난 세월을 통해, 신과 친밀한 관계를 맺는 방법을 많이 알게 되었다. 그럼에도 불구하고 모든 방법이 나에게 전하는 뜻은 언제나 한결같다. 그분께서 우리의 강력한 자아임을 깨닫는 것. 그리고 우리가 그분과 똑같은 모습이라는 사실. 바로 그 두 가지다. 나는 스스로에게 물었다. '그분께서는 인생을 어떻게 보실까, 어떻게 느끼실까, 어떻게 사랑하실까, 어떻게 무에서 유를 창조하셨을까?' 이렇듯 빛나는 존재를 삶 속으로 불러들이자, 내가 동떨어진 존재라는 느낌이 점차 사라져 갔다. 그리하여 이제는 함께 창조한 존재로서의 길을 걷고 있다는 느낌을 품을 수 있게 되었다.

신과 공동의 창조자가 되는 첫 번째 방법은, 적어도 하루에 한 번 고요함 속에서 명상을 하는 것이다. 지금 이 순간에 진정으로 존재하는 것이다. 깊은 고요와 존재의 편암함 속에서, 응답을 구하는 것이다. 그러면 잠시 뒤에 내적 깨달음이 당신 안에서 샘솟을 것이다. 때로는 영상으로, 때로는 느낌으로, 때로는 언어로 당신을 찾아올 것이다. 그것이 무엇이든 그대로 받아 적어라.

얼마 지나지 않아 당신은 깨닫게 될 것이다. 내면의 목소리가 당신의 이성적이고 직선적이며 비판적인 마음을 고요하게 만든다는 사실을 말이다. 또한 신의 지혜가 당신 안에 있다는 사실을 발견하게 될 것이다.

다음 단계는 내면의 목소리와 이야기 나누는 법을 배우는 과정이다. 이는 요즘 나의 주된 수행 방법이기도 하다. 난 사람들과 작지만 알찬 모임을 만들어 꾸려 나가고 있다. 세상에 뭔가 긍정적인 것을 창조하고자 하는 내적 갈망. 이것이 모임을 가능하게 했다. 작은 단체에서는 안전함과 든든함이 느껴지는 법이다. 그 안에서 귀 기울이고 말하는 내적 대화가 가능해질 때, 우리의 보다 높은 자아가 단단한 껍질을 깨고 나올 수 있게 되는 것이다.

마지막 단계는 신을 꼭 닮은 우리가 서로 함께 일하는 법을 배우는 것이다. 세상에 변화가 일어나고 있다는 사실을, 난 믿는다. 자신이 행하는 모든 것 속에 신의 모습을 담는 일은 자신을 변화시키는 사람들의 의지가 있어야 가능한 일이다.

우리는 이 세상을 파괴시킬 힘도, 더 나은 곳으로 만들 힘도 가졌다. 항상 우리 안에 자리하고 있는 우주적 존재와 함께할 때, 비로소 시대의 변화가 가능할 것이다. 세속적이고, 물질적인 방법만으로는 결코 진정으로 변화할 수 없다. 우리가 서로와 자연, 신과 연결되어 있다고 느끼는 사람들 모두가 힘을 모은다면 우리는 분명 이생에서 변화할 것이다. 난 이 세상을 구원할 평화로운 재림을 믿는다. 모두의 마음속에 자리 잡은 신이 가만히 일어나 우리 모두가 변화할 그날을 기다린다. 그리해 이 세상이 더 나은 곳이 되기를 소망한다.

진정한 깨달음

매 순간 경험에 유념하는 것은
곧 깨달음의 여정이다.

조지프 골드스타인

조지프 골드스타인

철학을 전공하고 1965년 컬럼비아 대학교를 졸업했다. 20년 간 태국 방콕에서 평화 유지군으로 근무하며 불교와 명상에 관심을 갖게 되었다. 그 뒤로 7년간 인도에 머물며 위파사나, 즉 마음 관찰 명상에 대해 공부하고 수련했다. 1976년, 매사추세츠에 명상 센터를 열었다. 1984년에는 미얀마 위파사나의 대선사 사야도 우 판디타의 지도 아래 한 걸음 나아간 수행을 시작했다. 저서로는 『The Experience of Insight』, 『Insight Meditation』 등이 있으며, 잭 콘필드와 함께 『Seeking the Heart of Wisdom』을 내기도 했다.

내가 불교와 명상을 처음 접한 것은 태국에 머물 때였다. 처음에는 자리를 잡고 앉아 고작 5분 동안 명상에 잠겼을 뿐이었다. 그럼에도 불구하고 가슴을 뛰게 하는 무언가가 있음을 어렴풋이 느꼈다. 이는 새로운 가능성과 이해의 길로 나를 이끌었다. 그동안 공부했던 다른 대부분의 것들은 외적 탐구에 지나지 않았음을 깨달았다. 명상의 경험은 나의 주의를 다른 곳으로 돌려놓았다. 내적 경험으로 이어진 길이 있다는 사실에 고개를 끄덕이게 해 주었다. 그때까지 상상조차 해 본 적 없는 일이었다.

　나에게 '신'이라는 단어는 다른 전통에서 뜻하는 바와 상당히 다른 의미를 가진다. 불교에는 내가 아닌 어떤 존재로서의 유일신 개념이 존재하지 않는다. 불교 전통에서, '신'의 뜻으로 옮길 수 있는 가장 가까운 단어는 '다르마Dharma'다. 이는 산스크리트 어로 '진리', 혹은 '본체'를 뜻한다. 우리가 일반적으로 알고 있는 현상들을 넘어서는, 또한 우리의 일반적인 생각의 방식을 넘어서는 절대적인 초월적 진리뿐만 아니라, 일상의 경험 속 진리와 본체 또한 포함하는 개념이다.

우리 대부분은 개념 인식의 세상에서 살아간다. 우리는 자신의 경험에 저마다 이름을 붙이고 제목을 정한다. 그리고 종종 이러한 개념들과 경험 자체를 혼동한다. 다르마 수행의 목적은 경험의 모든 순간에 진리를 깨닫는 것이다. 모든 개념의 바탕에 자리 잡은 사물의 본체에 집중하는 것이다.

예를 들어 보자. 정좌한 채 수행을 하는데 고통이 느껴지기 시작한다고 하자. 일반적인 인식의 범주에서, 아마도 이렇게 생각할 것이다. '등이 아프다.' 혹은 '무릎이 아프다.'라고 말이다. 그렇게 하면서 고통을 경험하는 '자아'뿐만 아니라 '무릎'이나 '등'과 같은 개념도 만들어 낸다. 하지만 다르마에 익숙해지면 이런 개념들은 접어둔 채 몸의 감각들과 하나가 될 수 있다.

개념을 뛰어넘은 단계에 도달하면, 경험의 요소들을 다른 방식으로 인식하게 된다. 다시 한 번 예를 들어 보자. 지금 책상을 바라보고 있다고 하자. 개념의 단계에서는, 책상을 볼 것이다. 직접적인 인식의 단계에서는, 색상과 형태를 볼 것이다. 하지만 보다 집중된 깨달음의 단계라면, 일반적으로 인식할 수 없는 본체를 볼 것이다. 전자 현미경을 통해서 사물을 볼 때, 새로운 단계의 본체와 마주하게 되듯이 말이다. 이렇듯 일상적이지 않은 단계에서, 사람들은 끊임없이 변하는 요소들을 보게 된다. 정형화된 부분 없이 계속 생성되고 소멸되는, 태어나고 죽는 요소들과 마주하게 된다. 절대적으로 고정된 것도, 확실한 것도, 견고한 것도 없는 상태다. 이러한 방식으로 육체와 정신을 관찰하면, 다른 종류의 이해에 도달하게 된다. 나, 자아, 육체의 정형성과 같은 개념이 완전히 사라지는 것이다.

이러한 인식을 거듭해 수행하면 점차 진리나 다르마와 친밀하게 된다. 친밀한 관계는 감각이나 마음을 통해 알게 되는 것들을 넘어서는, 경험과 정신의 균형도 불러온다. 불교에서는 이를 '니르바나', 즉 해탈의 상태라 이른다. 그처럼 초월적인 경험은 개념적으로 설명하기 힘들다. 언어로는 평범한 감각을 통해 알지 못하는 것들을 온전히 표현할 수 없는 까닭이다.

정신이 일정한 균형의 상태에 접어들면, 끊임없이 변화하는 정신적 육체적 요소들을 넘어설 수 있다. 그리해 평온하고, 고요하며, 평화로운 경지에 다다르게 된다. 부처님은 이를 '불생불멸'의 상태라 불렀다. 여기엔 땅도 공기도 물도 불도 존재하지 않으며, 길이도 부피도 변화도 불완전함도 존재할 수 없다. 우리는 '담마dhamma, 사물의 있는 그대로의 모습, 법, 진리'의 본성을 안다. 이러한 깨달음으로 이어진 길을 따라갈 때, 비로소 알게 되는 것이다.

'담마dhamma, 사물의 있는 그대로의 모습, 법, 진리'의 깊은 경험은 나의 일상생활 속 판단 기준을 변화시켰다. 나 또한 자아, 혹은 누군가와 관련되어 인지된 경험을 했었다. '나는 생각 중이다.' 혹은 '나는 화가 난다.' '나는 행복하다.'와 같이 말이다. 모든 것들이 '나'와 관련되어 있었다. 하지만 지금은 다르다. 더 이상 자아가 경험의 중심에 서 있지 않다. 이제는 그저 '생겨나고 소멸하는 현상'에 집중한다. 그 현상 뒤에 누가 자리하고 있는지 더 이상 중요하지 않게 된 것이다.

부처님의 짧은 가르침 속에 이러한 사상이 간단명료하게 나타난다.

보이는 것 속에는 그저 보이는 것이 존재할 뿐이다. 들리는 것 속에는 그저 들리는 것이 존재할 뿐이다. 냄새 맡고, 맛보고, 만지며 느껴지는 것 속에는 그저 느껴지는 것이 존재할 뿐이다. 생각 속에는 그저 생각이 존재할 뿐이다.

경험 속에서 자아라는 개념을 배제시키는 순간, 모든 것이 놀랍도록 간결해진다. 삶이 특정한 생각, 느낌, 감정, 혹은 상황에 덜 치우치게 된다. 더 이상 자아라는 비좁은 틀 안에 갇혀 지내지 않게 된다. 이러한 깨달음 속에서, 경험은 보다 광대하고 평화로워진다.

'이타'를 이해하는 과정은 점진적이다. 아직도 마음속에서 탐욕이나 화나 두려움과 같은 다른 힘들이 불쑥불쑥 고개를 들 때가 있다. 일시적으로나마 이러한 것들에 치우치게 될 때가 있을 것이다. '이기'의 뿌리를 잘라냈다 해도, 온전히 '이타'의 세상에서 살고자 한다면 날마다 정신적인 수행을 거듭해야 한다.

　매 순간 경험에 유념하는 것은 곧 깨달음의 여정이다. 자리에서 일어나, 첫 걸음을 떼고, 문을 향해 쉬지 않고 나아가야 한다. 유념하지 않는다면 전혀 다른 일들이 일어나게 된다. 지금 이 순간에 온전히 존재하지 않는다면, 과거나 미래에, 혹은 꿈이나 근심 걱정에 얽매인 채 하루하루를 살아갈 수 있다. 그보다 주의를 집중한다면, 육체 안에 존재할 수도 있다. 하지만 여전히 '나는 일어서고 있어, 나는 앉고 있어, 나는 이걸 하고 있어.'와 같은 생각은 떨쳐내지 못한다. 조금 더 지금 이 순간에 존재한다 할지라도 우리는 그곳에 존재하는 누군가에 대한 생각 또한 강화해 나간다. 좀 더 사려 깊고 신중한 유념의 단계에서 우리는 문을 향해 나아가는 것을 '나는 나아가고 있다.'는 개념이 아닌, 끊임없이 변화하는 느낌으로 이해하기 시작한다. 지극히 단순한 움직임 속에서도 우리는 너무나도 많은 것들을 볼 수 있다. 수도 없이 생겨나고 소멸하는 느낌들을 만날 수 있다. 자아라는 개념을 더하지 않은 채, 생성하고 소멸하는 현상 자체에 집중할 수 있다.

다르마를 깨닫는 길은 무척 많다. 전통적인 방법 중 하나는 속세를 떠나 수도승이 되는 것이다. 가장 깊은 곳에 자리한 실재를 경험할 수 있는 생활양식, 곧 금욕의 삶을 따르기 위함이다. 하지만 대부분의 경우 이러한 방법을 선택하기란 불가능하다.

많은 이들에게 효과적인 방법이라 생각되는 것은 일정 기간 세상과 떨어진 곳에서 은둔하며 행하는 명상 수련이다. 처음에는 일주일에서 시작해 열흘에서 한 달로 점점 기간을 늘려가는 것이 보통이다. 은둔 기간 동안 온전히 수행에 몰입할 수 있다. 종일 앉거나 걸으며 명상을 한다. 독서나 대화, 공부와 같은 일들은 하지 않는다. 온전한 침묵 속에 머무는 것이 전부다.

숨 가쁘게 돌아가는 문화 속에서 은둔의 삶이 부여하는 의미는 크다. 우리의 여생에 균형을 잡아주고 평소에는 볼 수 없었던 우리의 모습을 발견할 기회를 준다. 또한 정신력과 집중력을 키울 수 있는 여유를 준다. 그러니 중요한 것은 이 두 가지를 하나로 만드는 방법을 배우는 일이다. 명상 수행을 위해 은둔의 삶으로 떠나는 방법. 그리고 내면에서 발견한 진실을 일상의 삶 속으로 불러들이는 방법을 배워야 한다.

이는 평생 동안 계속되어야 하는 배움의 길이다. 거듭해서 은둔하고 수행을 하며 세상으로 돌아가 배운 것을 하나로 통합할 방법을 찾아야 한다. 1년에 한두 차례 이러한 과정을 실천에 옮기는 것이 좋

다. 시간이 지나면서 통합이 거듭되면 일상의 삶에 적용할 수 있게 된
다. 이것이 바로 진리를 우리의 것으로 만드는 방법이다. 모두가 '담
마'의 깊은 경험을 일상의 삶으로 불러들임으로써 가능한 일이다.

chapter 4

신을 깨닫고
인생을 깨닫다

embracing god, embracing life

신비의 강렬한 경험은
궁극적으로 종교적인 경험으로
간주되는 것이어야 한다.

조지프 캠벨

작은 것들의 힘

작은 기적들이 우리 주변에 가득하다. 기적은 어디에든 존재한다.
집에서도 일상생활 속에서도 우리는 기적을 찾아볼 수 있다.
기적은 우리 안에도 존재한다.
눈으로 확인하기는 힘들지만 분명히 그러하다.

수 벤더

수 벤더

원래는 교사이자 가족 치료사였다. 지금은 도예가, 베스트셀러 작가, 그리고 널리 알려진 인기 연사다. 가족 치료사로 활동하던 시기에 CHOICE : The Institute of The Middle Year를 설립했다. 자신의 경험에서 비롯된 저서 『Plain and Simple: A Woman's Journey to the Amish』는 〈뉴욕타임스〉 베스트셀러였다.

나는 몰랐다. 내 영혼이 얼마나 허기져 있었는지. 그리고 어긋나 버린 인생을 되돌리기 위해 내 안의 목소리가 얼마나 애쓰고 있었는지 정말 몰랐다. 하지만 '아미쉬 퀼트'라 불리는 조각 이불을 처음 본 순간, 두방망이질치는 가슴이 속삭였다. 귀 기울이라고. 내 영혼의 길고 긴 여정은 그렇게 시작되었다. 25년 전 어느 날, 나는 무엇에 이끌리듯 작은 상점 안으로 걸어 들어갔다. 그리고 한쪽 벽에 걸려 있는 고풍스러운 조각 이불 앞에 멈춰 섰다. 그 순간 그만 넋을 잃고 말았다.

　나는 예술가다. 주로 흰색과 검은색 도자기를 만드는데, 그 무렵 뉴욕에서 첫 번째 전시회를 열고 있었다. 그래서 눈코 뜰 새 없이 바빴다. 하지만 나의 걸음은 날마다 그 작은 상점으로 향했다. 조각 이불을 보기 위해서였다. 그것을 보고 있노라면, 가슴 깊은 곳이 따뜻해졌다. 태어나 처음으로 느긋해졌다. 힘겹고 복잡하기만 했던 인생의 마디마디가 저마다 고요하고 편안해졌다. 바로 거기에서 내 영혼의 길고 긴 여정이 시작되었다.

내가 가장 소중하게 생각하는 것은 지금 이 순간의 삶이다. 일상의 모든 순간 속에서 가장 신성한 영적 체험을 하는 것이 가능하다 믿는다. 겉으로 보이는 것들은 서로 다를지 모른다. 하지만 우리가 홀로 있지 않다는 사실을 느낀다. 영혼과 우리를 이끌어 주는 보다 높은 차원의 힘과 운명, 다른 이를 위한 공헌이 언제나 존재하는 까닭이다.

첫 번째 책인 『plain and simple』을 출간한 뒤에, 수많은 기독교회와 유대교회와 사찰로부터 강연 의뢰를 받고 깜짝 놀랐다. 모르몬교도, 침례교도, 감리교도, 유대교도, 선종도 내게 손을 내민 것이었다. 먼저 제일 장로교회를 찾았다.

그리고 그곳 목사님에게 물었다.

"무슨 까닭으로 제게 강연을 요청하셨나요?"

그분이 대답했다.

"선생님께서 인간의 가치에 대해 말씀하고 계시기 때문입니다. 우리 모두 인간의 가치를 되새겨 보아야 합니다. 그러자면 먼저 자신을 깨우쳐야지요."

그분의 대답은 내게 커다란 선물과 같았다. 그것이 바로 내가 배우고 있는 것이다. 자신을 깨우치게 만드는 것. 그리해 새로운 시각으로 일상의 삶 속에 깃든 신성함을 바라보는 것. 작은 기적들이 주변에 가득하다. 기적은 어디에든 존재한다. 집에서도 일상생활 속에서도 우리는 기적을 찾아볼 수 있다. 기적은 우리 안에도 존재한다. 눈으로 확인하기는 힘들지만, 분명히 그러하다.

『plain and simple』에는 보수적인 그리스도교 단체인 아미쉬 사람들과 함께 지내며 배운 소박한 삶의 방식이 고스란히 담겨 있다. 그들의 삶은 지극히 평범한 것을 찬미했다. 또한 노동에 모든 종류의 일에 가치를 두었다. 그들에게 일을 하는 방식은 일 자체만큼이나 중요한 의미를 가졌다.

나는 한계가 가지는 힘에 대해 배웠다. 아미쉬 사람들은 한 가지 커다란 선택을 했다. 그들은 지극히 종교적인 삶을 영위해 나간다. 행하는 모든 것들이 바로 그 선택에서 비롯된다. 나는 선택의 여지가 많을수록 더 나은 것을 갖게 될 것이라고 생각해 왔다. 하지만 그동안 한 일이라고는 수많은 선택의 기로 앞에서 우왕좌왕한 것이 전부였다. 선택의 여지가 많은 것. 그리고 하나만 선택하는 것. 이 두 가지 사이에는 엄청난 차이가 존재한다. 만일 당신이 한 가지를 선택한다면, 어떤 것들은 완전히 지워 버려야 할지도 모른다. 하지만 당신은 남아 있는 한 가지에게 깊은 의미를 부여할 수 있을 것이다.

아미쉬 사람들은 나에게 어떤 훈계나 설교도 늘어놓지 않았다. 그들은 결코, '우리들의 방식이 더 낫다.'고 말하지 않았다. 그들은 매일 아침과 저녁에 5분씩 기도했다. 그리고 나머지 시간은 믿는 삶의 방식에 따라 살아갔다. 그들의 삶은 언제나 한결같았다. 너무나도 평범했으며 너무나도 신성했다. 나도 그와 같은 삶을 본받고 싶었다.

집으로 돌아왔을 때, 배운 대로 살아보리라 마음먹었다. 하지만 생각했던 것보다 훨씬 더 힘겨웠다. 어느 날, 『plain and simple』이 뉴욕타임스 베스트셀러 목록에 올라갔다는 전화 한 통을 받았다. 그날 오후, 동네 야채 가게에 들렀다가 우연히 친구와 마주쳤다. 나는 기쁨에 넘친 표정으로 그 놀라운 소식을 전했다. 하지만 친구는 미소조차 지어 주지 않았다. 그저 이렇게 물을 뿐이었다.

"몇 등인데?"

그 순간 나는 깨달았다. 우리가 아무리 채워도 부족한 세상 속에서 살아가고 있다는 사실을 말이다.

나는 스스로에게 묻기 시작했다.

"언제쯤 충분해질까?"

『신성한 일상 everyday scared』을 집필하기 시작할 때, 나는 의구심에 사로잡혀 있었다. 의심에 찬 내 안의 목소리가 쉬지 않고 다그쳤다.

"어떻게 감히 네가 '신성한' 이라는 말을 제목으로 삼은 책을 쓰지? 넌 전문가가 아니잖아!"

그 무렵, 아주 멋지고 지혜로운 승려인 이본 랜드를 만났다. 나는 그분에게 얘기했다.

"이 책은 당신이 쓰셔야 해요. 제가 아니고 말입니다."

그분은 무척 사려 깊은 목소리로 답했다.

"수, 우리는 둘 다 책을 쓸 수 있습니다. 하지만 세상에는 당신과 같은 사람들이 수도 없이 많답니다. 하루하루를 소중하게 생각하려 애쓰면서도, 왜 도무지 만족할 수 없는지를 궁금해 하는 사람들이 말입니다."

그 말씀을 마음에 품고서야 나는 편안하게 일을 계속할 수 있었다.

그분과 대화를 나누고 나서 얼마 지나지 않아, 빈 그릇을 들고 시주를 청하는 스님의 영상이 문득 떠올랐다. 나는 불교 신자가 아니다. 하지만 지금도 스님이 들고 있던 그 빈 그릇의 모습 덕분에 길고 긴 영혼의 여정을 계속할 수 있었다고 믿는다. 그날 나는 날마다 조금씩 삶을 텅 빈 그릇에 가깝게 만들어 가겠다고 결심했다. 그리고 매일 아침을 새롭고 텅 빈 신선한 시작으로 삼았다. 지극히 평범한 나의 삶을 바라봤을 뿐, 이를 특별하게 만들기 위한 그 어떤 일도 도모하지 않았다. 대신에 그저 그 안에 존재하는 것들을 꼼꼼히 살폈다. 훌륭한 명상가나 다른 어떤 사람이 되려고 애쓰지 않았다. 다만 나 자신이 되려고 노력했다.

바로 그때 '신'이나 '영혼'이 우리 주변에 존재한다는 사실을 이해하기 시작했다. 노력은 우리의 눈을 열어 주는 법이다. 이런 경우는 어렵지 않게 찾아 볼 수 있다. 예를 들어 보자. 내가 자주 들르는 카페에는 마틴이라는 이름을 가진 멋진 남자가 일한다. 손님을 맞이하는 그의 태도는 언제나 한결같다. 기다리는 손님들이 얼마나 많든지, 손님들이 얼마나 조바심을 내든지 아무 상관없다. 그는 절대로 인내심을 잃지 않는다. 서두르거나 허둥대는 경우도 없다. 능숙한 솜씨로 자신에게 맡겨진 일들을 묵묵히 해낸다. 내게 줄 카푸치노를 만드는 마지막 순간, 그는 부드러운 손길로 하얀 거품 위에다 미소 짓는 작은 얼굴을 만든다. 나에게 이것은 하나의 신성한 의식과도 같다. 이처럼 소소한 일상의 사건들에 눈뜨는 것. 그것이 바로 신성함을 깨닫는 것이다.

어디에 가서 어떤 사람과 이야기를 나누든, 내 앞에 선 사람들에게서 갈망과 동경을 느낀다. 그들이 자신의 삶에서 무엇을 놓치고 있는지 확신 못하는 경우라도 그러하다.

어쩌면 인생에서 가장 필요한 것은 일상의 모든 것들이 지닌 아름다움을 올바로 인식하고, 하루하루의 삶에 깃든 신성함을 제대로 깨닫는 일인지도 모른다. 이를 위해서는 기꺼이 하고자 하는 마음과 상당한 연습이 요구된다.

매일 아침 눈을 뜰 때, 잠시라도 텅 빈 마음으로 주변을 둘러보며 온전한 기쁨을 만끽하고 싶다. 또한 삶의 작은 기쁨에도 언제나 감사할 수 있으면 좋겠다. 하지만 나는 그렇게 하지 않는다. 존재하는 모든 시간을 온전히 인식하고 싶다. 하지만 나는 그렇게 하지 않는다. 『신성한 일상 everyday scared』을 집필하는 동안, 내 안에 비정하고 비판적인 목소리가 존재한다는 사실을 깨달았다. 나는 내면의 목소리와 오랜 세월을 함께 살아왔다. 하지만 그것이 내게 끼쳐 온 영향에 대해서는 전혀 알지 못했다. 나는 그냥 듣기만 한 것이 아니라, 이 '비정한 판단'이 말하는 것을 철석같이 믿어 왔다. 이 목소리는 내가 했던 모든 일들에 대해 판결을 내리고 있었다.

모든 사람이 다 비정한 판단을 내리는 것은 아니다. 하지만 많은 이들이 비정한 내면의 목소리를 가지고 있다. 그 목소리는 우리로 하여금 자신을 약화시키고 스스로에게 의구심을 갖게 만든다. 그 목소리에 귀 기울이다 보면, 우리는 더 이상 무엇에든 만족하지 못하는 까닭을 궁금해 하지 않게 된다. 나는 깨달았다. 이 목소리가 나의 긍정적인 에너지를 고갈시킬 힘을 지녔다는 사실을 말이다. 그러니 비정한 판단을 내리려고 드는 내면의 목소리와 전과는 다른, 보다 신중한 관계를 맺는 것이 무엇보다 중요할 터였다. 자신에게 좀 더 너그러워지는 방법을 배우는 것은 결코 이기적인 일이 아니다. 오히려 그와 정반대다. 그러면 우리 안의 목소리에 귀 기울이게 되고, 다른 사람들에게도 진정으로 너그럽게 될 수 있기 때문이다.

내가 얻은 가장 소중한 교훈 중 하나는, 깨진 도자기 덕분에 가슴 속 깊이 새겨 넣을 수 있었다. 어느 날 친구가 단지 하나를 보여 줬다. 난 감탄 어린 인사를 건네고 나서, 그 아름다운 도자기를 만든 멋진 남자, 케빈을 만나러 갔다. 케빈은 종종 완성되기 직전의 도자기를 바닥에 던져 깨뜨려 버리곤 했다. 이것은 내게 지극히 파괴적인 면으로 비추어졌다. 나의 비정한 판단처럼 말이다! 그는 도자기를 만들겠다고 결심했으면서도 의식적으로 이를 깨뜨렸다. 그러고 나서는 그 조각들을 다시 주워 모았다. 얼마 뒤에, 나는 케빈의 공방에서 사람들과 함께 작업을 했다.

　한창 도자기를 만들고 있는데, 그가 일손을 멈추고 물었다.

　"자기 도자기를 깨뜨리고 싶은 사람 있나요?"

　나는 손을 번쩍 들었다. 그리고 내 도자기들 중에 하나를 집어 들고서 이를 시멘트 바닥에 던지려고 애쓰고 또 애써봤다. 하지만 놀랍게도 이는 무척 어려운 일이었다. 난 도자기를 던지지 못했다! 삶에서도 마찬가지다. 우리는 변화를 원한다고 말한다. 하지만 바로 그 순간 변하기가 얼마나 어려운지 깨닫지 않는가! 우리는 간절히 바란다. 하지만 뭔지 알 수 없는 것이 뒷덜미를 꽉 잡고는 좀처럼 놔주지 않는다. 마침내, 난 들고 있던 도자기를 놓았다. 그러자 바닥에 떨어진 도자기가 두 동강이 났다. 그 뒤엔 도자기를 좀 더 작은 조각으로 깨뜨리기가 훨씬 수월했다.

바닥에 흩어진 큰 조각들을 집어 드는데, 케빈이 다가와 외쳤다.

"작은 조각까지 모두 주우세요!"

그는 깨어진 도자기 조각들을 다시 이어 붙이는 방법을 보여 주었다. 먼저 이음새가 딱 들어맞는 두 개의 조각을 찾아야 했다. 조각 그림을 맞출 때처럼 말이다. 그러고 나서 접착제를 발라 이들을 단단히 붙인 뒤에, 고정될 때까지 5분 동안 꼭 잡고 있었다. 그렇게 한 조각씩, 나의 도자기는 제 모습을 찾아갔다.

모든 조각이 다시 제자리를 찾은 도자기를 두 손으로 들어 올렸다. 정말 놀라웠다. 그동안 무엇을 하든 어떤 것을 이루든, 여전히 내 인생에는 뭔가 중요한 것이 빠졌다는 생각을 떨쳐낼 수 없었다. 하지만 그것이 무언지는 알지 못했다. 그 도자기를 바라보며, 아무것도 빠진 것이 없다는 사실을 깨달았다. 빠진 것은 없었다. 내가 온전했다는 사실을, 마침내 깨달았다.

그 순간 우리 모두 그러함을 알게 되었다. 우리는 자신의 부족함과 결점, 잃어버린 작은 조각과 흠만을 바라보느라 엄청난 시간과 에너지를 소비할 수도 있다. 하지만 관점을 조금만 바꾼다면 이 모든 것들을 자신을 독특하게 만들어주는 보물로 여길 수도 있는 것이다. 내 손 위에 놓인 도자기가 깨지기 전보다 훨씬 더 흥미롭게 느껴졌다. 그러고 나서 '아하!' 하는 탄성의 순간을 경험했다. 나는 깨달았다. 내 몸의 세포 하나하나가, 진정으로 깨닫고 있었다.

완전하다는 것은 결코 완벽해야 한다는 뜻이 아니었던 것이다!

이것을 마음에 간직하자, 형상 안에 정신을 불어넣을 수 있는 방법
이 궁금해졌다. 어떻게 하면 숭고한 삶을 살아 갈 수 있을까. 어떻게
하면 말이나 설교에 그치는 것이 아니라, 진정으로 그렇게 살 수 있
을까. 당신은 어떻게 현실의 삶 속에 당신의 영혼을 불어넣는가? 살
아가면서 부딪치는 온갖 역경에 어떻게 대처하는가?

길고 긴 영혼의 여정을 시작했을 때, 나는 커다란 기적을 바라고
있었다. 삶을 극적으로 변화시켜 줄 만한 기적을 말이다. 하지만 결
국 그보다 훨씬 더 유용한 것을 찾아냈다. 작은 것들 안에 깃든 크나
큰 소중함을 깨달은 것이다. 가장 신성한 것들을 두 눈으로 보기 힘
든 까닭은 너무나도 명백하기 때문일지도 모른다. 내 아들 데이비드
는 매주 아흔둘 된 할머니에게 편지를 쓴다. 이는 아들 녀석이 행하
는 다른 일들과 똑같이 아주 특별한 것이다. 우리는 녀석이 할머니에
게 보내는 편지에 대한 저마다의 견해를 가지고 있다. 친절에서 비롯
된 작은 행동들은 대부분 너무나도 당연한 것으로 여겨진다. 우리는
다른 사람에게 뭔가 큰 기여를 하거나 커다란 선물을 주어야 한다고
믿는다. 하지만 친절에서 비롯된 작은 행동들은 우리가 생각하는 것
보다 훨씬 효과적이다. 이러한 행동들은 기울이는 노력보다 훨씬 더
큰 반향을 불러일으키는 법이다.

나는 종종 테레사 수녀의 말씀을 되새긴다.

"우리는 위대한 일을 하지 않습니다. 그저 큰 사랑으로 작은 일들을 행할 뿐입니다."

온갖 고투를 통해 배운 것들을 다른 사람들을 위해 사용할 수 있다는 것을 알게 되었다. 이는 언제나 내게 큰 힘이 된다. 나는 믿는다. 언제나 더 크고 더 낫고 더 많은 것을 얻으려고 애쓰는 것이 바로 우리 문명의 병폐라고 말이다. 우리는 실패를 향해 스스로를 몰아가며 선한 에너지와 선한 영혼을 허비하고 있는 것이다! 도대체 언제쯤 충분해질까?

이렇게 말할 수 있으면 좋겠다.

"있는 그대로의 내 모습이면 충분해. 지금 이 순간에 내가 하고 있는 것이 내가 할 수 있는 최선이야. 그러니까 충분하다고!"

나에게, 성공이란 우리 자신을 '새로운 시각'으로 바라볼 때 생겨나는 것이다. 우리 자신과 우리가 거쳐 가는 모든 작은 단계들과 우리가 이뤄 가는 변화들을 존중하는 것이다. 이러한 이해에서 비롯될 때, 우리는 비로소 다른 이들을 존중할 수 있다. 있는 그대로의 그들 모습을 말이다.

공유하는 신

하느님과 친밀한 관계를 맺는데 있어
가장 중요한 요소는 겸손함이다.

해럴드 쿠쉬너

해럴드 쿠쉬너
                   뉴욕의 부르클린에서 태어나 컬럼비아 대학교를 졸업했다. 1960년 유대교
신학교에서 랍비 안수를 받고 성서신학 박사 학위와 6개의 명예박사 학위를 받았다. 1994년부터 4
년 동안 「컨서버티브 쥬대이즘」 잡지의 편집인을 역임, 27년 동안 미국의 매사추세츠 주에 있는 이
스라엘 유대교회당 랍비로 재직했다. 1981년 해럴드 쿠쉬너가 출간된 『왜 착한 사람에게 나쁜 일이
일어날까?』는 세계적인 베스트셀러가 됐으며, 〈이달의 책 클럽〉이 현대에 가장 영향력 있는 10권의
책으로 선정하기도 했다. 그 외 여러 권의 저서가 세계 여러 나라에서 번역, 소개되면서 명성을 얻
었다. 『당신이 원하는 모든 것들이 충분하지 못할 때』는 인류 영혼을 빛내는데 기여한 공로가 크다하
여 크리스토퍼 메달을 받았다. 1995년 크리스토퍼 재단이 그를 지난 50년간 인류의 삶을 보다 낫게 해
준 50인 중 하나로 선정했다.

나는 하느님이 우리 모두에게 서로 다른 의미를 갖는다고 믿는다. 내 삶에 존재하는 다른 힘들, 그러니까 중력과 같은 것들은 개인적인 것이 아니다. 이러한 힘들은 모든 개개인에 똑같은 방식으로 작용한다. 당신과 내가 동시에 창밖으로 뛰어내린다고 하자. 그러면 우리는 같은 비율로 속도가 증가하는 가운데 아스팔트를 향해 떨어질 것이다. 하지만 사랑이나 용기, 허기와 같은 다른 힘들은 결코 우리에게 같은 방식으로 작용하지 않는다.

　나에게, 하느님은 지극히 개인적인 분이다. 모든 사람에게 저마다 다르게 영향을 미치기 때문이다. 유대교에는 성서의 구절들을 개개인의 상황에 적용시켜 해석하려는 성서주석 방법인 '미드라시' 가 있다. 이를 따르는 랍비는 말한다.

"하느님이란 거울과 같다. 거울은 결코 바뀌지 않는다. 하지만 거울 앞에 선 사람들은 모두 다른 얼굴을 보게 된다."

난 종교적인 분위기의 가정에서 성장했다. 부모님이 유대교 회당 일에 열심이셨기 때문에, 두 분과 함께 꾸준히 예배에 참석했다. 나에게, 그것은 내가 행하는 일들 가운데 하나로 자리 잡았다. 가족이 첫 번째였고, 하느님은 그 일부분이었던 것이다. 하느님은 우리가 가족이나 지역 사회의 일원으로 행하는 종교적인 일들에 붙이는 이름이었다. 그래서 나에게 종교는 일련의 신학적인 명제가 아니라, 지역 사회와 함께 시작된다. 종교는 인식에 대한 믿음, 인생의 목적에 대한 시각, 단체에 의해 표현되는 세상의 신성함에 대한 시각의 표현이다.

기도 또한 이를 닦는 것만큼이나 자연스러운 생활의 일부분으로 자리 잡았다. 인생에서 일어나는 모든 것들에 감사하는 법을 배웠다. 건강함도, 따사로운 봄 햇살도, 질병에서 회복 되는 것도, 나를 사랑하고 지켜주는 부모님이 곁에 계신 것도 모두모두 감사했다. 이러한 생각은 대학을 다닐 때도 변함이 없었다. 랍비 수련을 받을 때도, 랍비가 되고 얼마 지나지 않았을 때까지도 그러했다.

그 즈음, 하느님에 대한 나의 시각을 바꾸어 놓은 결정적인 사건이 일어났다. 아내와 나는 청천벽력과 같은 소식을 듣게 되었다. 세 살

박이 아들 녀석 아론에게 십대 초반을 넘기기 힘든 병이 있다는 것이었다. 그동안 내가 스승들을 통해 배운 모든 내용에 반하는 상황이었다. 가르침에 따르면 세상은 그런 곳이 아니었다. 하느님은 인간들에게 이렇게 하는 법이 없었다. 선하고 경건하게 살아가면 하느님이 모든 비극으로부터 나와 가족을 지켜 줄 것이라는 믿음은 물거품처럼 사라져 버렸다. 의구심에 사로잡힌 채 힘겨운 시간을 보냈다. 아들이 이토록 아픈데 하느님과 어떤 관계를 맺을 수 있을지 알 수가 없었다. 난 하느님에게 무척 화가 났다. 무조건적인 믿음에도 불구하고 하느님이 나를 속였다는 느낌을 떨쳐 낼 수가 없었다. 하지만 하느님에게 화내고 싶지 않았다. 하느님으로부터 멀어지고 싶지 않았다. 그래서 종교와 아이들의 죽음에 대한 글을 모조리 읽기 시작했다. 그리고 마침내 구약성서 가운데 욥기에서 답을 찾았다. 특히나 마치볼드 매클리시의 현대 번역본이 가슴에 와 닿았다. '세상의 혼돈과 불완전함에 대해 하느님을 용서하는 인간' 이라는 생각. 하느님에게 모든 것의 책임을 돌리지 않고, 세상에는 그분의 능력을 벗어나는 일들도 있다는 생각이 바로 그 답이었다.

장로교 목사이자 인권 운동가였던 윌리엄 슬러언 코핀은 아들을 잃었을 때 이렇게 말했다.

"하느님의 가슴이 가장 먼저 무너졌다."

매클리시의 말들은 나에게 빛이 되어 주었다. 그리해 완전히 새로운 시각으로 욥기를 읽을 수 있었다. 또한 하느님의 존재에 대해 진정으로 깨닫기 시작할 수 있었다.

내가 도달한 결론은 하느님이 질병이나 고통, 사고나 비극을 준 것이 아니라는 사실이었다. 모두가 다른 이유에서 비롯된 일들이었다. 자연의 법칙이나 인간의 잔혹함, 혹은 어리석음과 같은 이유 때문에 말이다. 하느님은 이러한 비극을 극복하고 버텨 낼 힘을 주셨다. 하느님은 내 아이가 아프거나 죽는 것을 바라지 않았다. 다만 내가 용감히 아들 녀석의 병과 맞서 싸울 수 있도록 도와주셨다. 개인적인 비극을 감당할 통찰력을 주셨고 이것을 다른 사람을 도울 구원의 도구로 삼게 하셨다. 난 비극 속에서가 아니라, 비극을 이겨 내고 살아남는 인간 영혼의 능력 속에서 하느님을 찾는 법을 배웠다. 그렇게 일상 속에서 하느님을 만날 수 있었다.

병원에 들를 때면, 그곳에서 만난 사람들에게 이런 질문을 던지지 않았다.

"어째서 하느님께서 암에 걸리게 내버려 두셨을까요? 하느님께서 알츠하이머를 왜 허락하셨을까요?"

그 대신 이렇게 물었다.

"놀랍지 않아요? 이곳 의사들과 간호사들, 어쩌면 그렇게 모두 헌신적일까요? 사람들이 병을 이겨 낼 수 있도록 온 힘을 다해 돕고 있잖아요?"

나에게는, 이것이 바로 병원에 마주하는 하느님의 존재다.

유대 전통에서 하느님을 찾고자 한다면, 세상을 등져서는 안 된다. 가난한 이를 도울 때, 집 없는 이에게 묵을 곳을 마련해줄 때, 정의를 위해 일할 때, 우리는 하느님을 발견한다. 그렇게 할 때, 하느님을 의미하는 일을 할 때, 마침내 깨닫게 된다. 하느님이 우리의 삶에 머물게 되었다는 사실을 말이다.

하느님과 친밀한 관계를 맺는데 있어 가장 중요한 요소는 겸손함이다. 하느님을 우리의 삶으로 초대하는 것은 우리가 큰일을 했을 때가 아니라, 부족함을 인식할 때 가능한 일이다. 내면이 자기 자신으로 가득 차 있다면, 하느님을 위한 한 치의 공간도 마련할 수 없을 것이다.

두 번째 요소는 존경심이다. 현대를 살아가는 인간들에게는 거의 사라지고 없는 덕목이기도 하다. 존경심이란, 인간의 경험으로는 은유도 유추도 불가능한 위대한 어떤 존재가 있음을 감지하는 것이다. 또한 신과의 대화에서는 말하는 것보다 듣는 것이 훨씬 더 많은 부분을 차지함을 이해하는 것이다. 신과의 대화는 그분께서 모르고 지나갈 수도 있는 일들을 이야기하거나 그분께 우리의 장점을 납득시키는 기회가 아니다. 그분과 함께 마음을 나눠서, 그분께서 중요히 여기는 것들과 사물을 보는 방식이 우리의 마음속에 자리 잡게 하는 것이다. 나의 스승은 기도가 하느님의 시선으로 세상을 보는 법을 배우는 것이라 했다.

하느님과의 친밀한 관계는 삶을 고양시킨다. 우선, 우리의 한계 때문에 좌절하는 일 없이 자연스럽게 받아들이도록 한다. 우리가 풀지 못하는 문제들은 풀어야 할 필요가 없는 것들이라고 안심시킨다. 둘째로, 필요할 때면 하느님은 우리를 용서하고 우리의 불완전함을 씻어준다. 우리는 때로 그분을 실망시킨다. 하지만 그분은 여전히 우리를 받아주신다. 부족한 행동을 했다 해도, 하느님은 언제나 우리를 따뜻한 시선으로 환영해 준다. 끝으로 하느님과의 친밀한 관계는 우리를 죽음의 공포로부터 구한다. 죽는 순간 우리의 모든 선한 행동들이 먼지처럼 사라져버리지 않을까 걱정할 필요가 없는 것이다.

하느님은 그분을 위해 하는 일들을 통해 우리를 판단하지 않는다. 그분과의 친밀한 관계가 우리를 얼마나 성장시킬 수 있는지를 통해 판단할 뿐이다. 그분은 우리에게 배우자와 자녀들과 이웃들과 어떻게 관계를 맺어 나가야 하는지 가르쳐 준다. 우리는 그분을 통해 배운다. 주변의 사람들에게 다가가 친밀한 관계를 맺는 것은 서로의 발전을 위함이라는 사실을 말이다. 그들을 이용하거나 그들보다 유리한 위치를 차지하거나 그들을 통해 이익을 얻기 위함이 아닌 것이다.

유대교도들은 하느님에 대해 직접 언급하는 것을 불편해 하는 경향이 있다. 친밀한 관계 속에서 나타나는 하느님의 모습 찾기를 좋아하는 까닭이다. 그들은 자신의 삶에서 하느님이 의미하는 바를 얘기하기 보다는, 그들의 삶에서 하느님의 모습을 꼭 닮은 인간이 의미하는 바를 얘기하기 즐긴다.

예를 들어 보자. 지쳤을 때, 사랑하는 이가 세상을 떠나 깊은 슬픔에 빠졌을 때, 하느님은 언제나 곁을 지키는 친구와 이웃의 모습으로 우리에게 온다. 우울한 사람에게 말을 걸기란 결코 유쾌한 일이 아니다. 하지만 사람들은 그래야 할 필요와 그럴 수 있는 힘을 구한다. 하느님이 자신들을 통해 일하고 계심을 알기 때문이다. 유대인들은 주변의 모든 사람들의 삶과 얼굴 속에서 하느님을 볼 수 있다고 믿는다.

그래서 어떤 이는 이렇게 얘기한다.

"내가 하느님을 발견한 것은 신비로운 통찰력을 통해서가 아니었다. 외롭고 외로웠던 어느 날, 우리 집 초인종을 누르고 내 곁에 앉아 내가 눈물을 흘릴 수 있도록 어깨를 내주었던 누군가를 통해서였다."

누군가 나를 찾아왔을 때, 크나큰 슬픔에 빠져 어찌할 바를 모를 때, 내가 제일 먼저 하는 일은 그들을 꼭 안고 두 손을 잡아 주는 것이다. 이러한 행동을 통해 내가 전하고자 하는 바는 한결같다. 내가 그들 곁에 있다는 사실을 전할 수 있기를 소망한다. 나의 따스한 손길을 통해 하느님의 따스한 마음을 전할 수 있기를. 그리해 마침내 하느님이 그들 곁에 계시다는 사실을 전할 수 있기를 소망하는 것이다.

난 이제 안다. '어째서 나에게 이런 일이 생겼을까?' 라는 물음은 결코 질문이 아니라는 사실을. 그것은 찢어지는 아픔에서 비롯된 울부짖음이다. 고통을 겪어내야 하는 이들은 하느님에게서 버림받았다고 느낀다. 에이즈로 죽어 가는 이들을 방문한 적이 있었다. 하느님 없이 죽어 가고 있다고 느끼는지에 대해 그들과 함께 이야기를 나누었다. 그동안의 잘못된 생활 방식으로 인해 하느님이 그들을 벌하고 있다고 느끼는지에 대해서 말이다. 대부분의 경우는 그렇게 생각하고 있었다. 내가 할 수 있는 일은 하나뿐이었다. 하느님께서 여전히 그들을 돌보고 계시다는 사실을 다시 확신하게 만드는 것뿐이었다. 그들에게 전하고자 했던 가장 중요한 뜻은, 하느님도 이런 일이 일어나기를 바라지 않았다는 것이다. 하느님은 그들을 미워하지 않는다. 하느님도, 슬픈 것이다. 이러한 뜻을 전하기 위해 내가 사용한 방법은 신학이론이 아니었다. 다만 애틋한 마음으로, 그들의 두 손을 꼭 잡았다. 그리고 그들의 곁에 앉아, 그들의 이야기에 귀 기울이며, 그들과 공감했다.

누군가 내게 '하느님은 어디 계신가?' 하고 물을 때, 나는 대답 대신 되묻는다. '하느님은 언제 계신가?' 하고 말이다. 하느님과 만날 때, 중요한 것은 옳은 곳에 존재하는 것이 아니라 옳은 일을 행하는 것이다. 우리를 진정한 인간으로 만드는 일을 할 때, 하느님은 우리의 삶에 오신다. 가난한 이를 도울 때, 정의의 편에 서서 목소리를 낼 때, 소중하다고 여기는 것에 집착하지 않을 때, 아이의 눈으로 여름 날 태양과 한겨울 함박눈을 바라볼 때, 자신을 가둔 틀을 깨고 나올 때, 그 순간 우리는 삶의 한 부분에 하느님을 위한 공간을 만들고 있는 것이다.

하나의 과정

당신의 인생이 흘러가는 방향을 신뢰하며
이를 통해 과연 무엇을 얻게 되는지 지켜보라.

앨 윌슨 쉐이프

앨 윌슨 쉐이프

        세계적으로 잘 알려진 연사이며, 조직 컨설턴트, 정신 치료사, 그리고 작가이다. 방송과 라디오에 출연했고 전 세계를 돌며 주요 회의와 대학에서 강연했다. 베스트셀러였던 『너무 많은 일을 하는 여성들을 위한 명상Meditations for Women Who Do Too Much』을 비롯해 중독과 치유에 관한 많은 책을 저술했다.

신은 나에게 우주의 과정이다. 또한 우주를 넘어서는 과정이다. 이 둘은 다른 모든 것들과 나뉘어 있으며, 동시에 하나다. 나는 믿는다. 영성에서 비롯된 삶을 살아갈 때, 우리 또한 그 과정과 조화를 이루고 하나가 될 수 있다고 말이다. 우리는 그 과정에 영향을 미치고, 그 과정 또한 우리 모두에게 영향을 미친다.

　어렸을 때, 신과 나의 관계가 지극히 단순하다는 사실을 깨달았다. 난 체로키 인디언 부족 근처에서 살았다. 어머니가 이들에게 입양되어 성장했기 때문이다. 대부분의 시간을 숲에서 보냈다. 그러는 동안, 모든 것이 하나라는 사실에 눈떠 갔다. 어머니는 동물과 자연과 인간의 관계에 대해, 그리고 우리가 행하는 모든 것들이 다른 모든 것들에게 어떻게 영향을 끼치는지에 대해 분명히 인식하고 있었다. 그 관계는 내 영혼 안에서 커다란 부분을 차지했다. 그리고 지금까지도 그러하다.

난 미국 남부와 중서부 지대에 걸쳐 자리 잡은 기독교가 강한 지역인 '바이블 벨트'에서 성장했다. 아주 어렸을 때는 주로 어머니와 함께 장로교회에 나갔다. 내가 흥미를 가졌던 것은 교회의 공동체, 그 중에서도 특히 성가대였다. 고등학교와 대학교를 다닐 때는 배운 것들에 대한 의문, 종교의 한계에 대한 의문들이 머리에서 떠나지 않았다. 그리고 종종 종교의 고정성을 목격했다. 이는 신과 친밀한 관계를 맺어 온 어린 시절의 경험과 너무나도 동떨어진 것이었다.

난 지금도 여전히 우리가 신을 보는 방식과 신을 이용하는 방식에 대해 질문을 던진다. 더 안전함을 느끼기 위해, 마치 신이 돌에 새겨진 어떤 것인 양 여기는 우리의 사회적 행동들은 신을 고정시킨다. 난 중독과 중독성 사회, 그리고 중독성 사고 유형에 대한 많은 글을 썼다. 생각의 중독성 과정에 빠져 있을 때, 우리는 조절에 대한 환상을 갖는다. 조절되고 있다고 느끼기 위해, 우주를 고정시키려 애쓴다. 그래야 조절에 대한 환상을 유지할 수 있기 때문이다. 우리는 자녀들을 고정시키려고 애쓴다. 집을 고정시키려고 애쓴다. 사물을 원하는 방식으로 몰아가야, 비로소 안전해질 수 있다고 믿는다. 모든 과정의 역동성을 배워 나가고, 그 과정대로 살아 나가야하는 책임은 외면한 채 말이다. 뿐만이 아니라 길고 긴 과정의 마지막 결과물만을 받아들인다. 열매를 얻기까지 지나왔을 역동적인 발전 과정은 무시해 버리고 마는 것이다.

과정과 조화를 이루지 못할 때, 불안감을 느낀다. 나는 자신과 다른 사람을 조절하려 애쓴다. 마땅히 그러해야 한다고 생각하는 방식대로 일들이 돌아갈 수 있도록 하기 위함이다. 과정과 조화를 이룰 때 난 신념에 찬 삶을 살아간다. 그리고 전개되는 대로의 인생, 자연스럽게 흘러가는 인생의 방향을 신뢰한다.

예를 들어 보자. 교수로 재직할 당시, 변화가 필요한 시기임이 분명하게 느껴지는 때가 있었다. 난 수많은 사람들을 심리 상담했다. 하지만 시간이 갈수록 그러한 틀 속에서 개인적인 접촉을 이어 가는 것이 불편하다는 사실을 깨닫게 되었다.

시간을 쪼개어 가며 숨 가쁘게 일하던 어느 날, 자문했다.

'여기서 지금 무슨 일이 일어나고 있는 거지? 뭔가 다른 일을 해야 할 때가 아닐까?'

그동안 심리 치료를 통해 얻은 수입으로 가족을 부양해 왔다. 강연이나 연수 진행 등을 통해 버는 것은 부수입 정도에 지나지 않았다. 나는 공포에 휩싸였다.

그리고 다시 한 번 자문했다.

'심리 치료 환자들을 받지 않는다면, 가족들을 어떻게 돌보지?'

하지만 내 삶이 가리키는 방향은 분명했다. 이제 다른 길로 들어서야 할 때였다. 그래서 불확실하지만 한 번 믿어보기로 했다. 그리고 강연과 연수 진행 일을 늘려나가기 시작했다.

지난 몇 달 동안 또 다시 그런 때가 왔음이 분명해졌다. 하고 있는 일을 재구성하고 다른 일을 도모할 때가 온 것이다. 하지만 난 인생을 계획하지 않는다.

이렇게 말하지 않는다.

"음, 이제 이것은 반드시 이렇게 되어야 해. 그러니 그렇게 되도록 만들어야겠어."

자연스럽게 흘러가는 과정을 신뢰할 때, 그리고 그것이 무엇이든 해야 할 필요가 있는 일들을 할 때, 문제가 생긴 적이 없었기 때문이다.

난 다른 이들을 조절하거나 그들이 해야 할 것들을 가르치려고 애쓰지 않는다. 그리고 믿는다. 자신과 소통하는 사람은 보다 정신적인 존재가 된다고 말이다. 중독성 사회와 중독성 과정이 우리를 정체성과 영혼과 과거로부터 멀어지게 한다. 난 있는 그대로의 모습을 가진 사람들과 일한다. 그들을 신뢰하고 도와준다. 그들이 보다 수월하게 중독성 과정과 맞설 수 있도록 격려한다. 이러한 중독성 과정에 대처하며 삶의 과정에 따라 살아가려 애쓸 때 우리는 마침내 자신의 영성을 되찾게 된다.

삶의 과정은 신과 맺어 가는 친밀한 관계이다. 우리가 행한 일과 상관없이 그 과정은 그곳에 있으며 그것이 우리의 본모습이다. 신념을 뛰어 넘는 삶을 살아가야 한다. 어떤 사람은 이러한 경험을 전통적 기독교 방식으로 해석하고, 어떤 사람은 전통적 불교 방식으로 해석하며, 또 어떤 이를 보다 높은 차원의 힘으로 본다. 하지만 자신의 영성을 되찾는 것은 온전히 자신에게 달린 일이다.

중독성 과정에 대처하는 도구로 가장 효과적인 것이 바로 12단계 프로그램이라고 생각한다. 그 가운데 하나가 우리보다 위대한 힘이 우리를 온전한 상태로 되돌려 줄 것임을 이해하는 것이다. 프로그램의 세 번째 단계는 우리의 삶과 의지를 그 힘의 방향으로 돌리는 것이다. 세상의 모든 주요 종교에서 언급되는 과정이기도 하다.

오랫동안 열두 단계 프로그램을 실천해 온 한 여성이 이렇게 말했다.

"당신이 설령 신을 믿지 않는다고 해도, 당신이 그분이 아니라는 건 믿을 수 있지요?"

난 이것이 우리의 영혼이 반드시 알아야 할 부분이라고 생각한다. 우리가 우주의 중심이 아닌 우주와 하나며 우주를 조절하지 않는다는 사실을 깨닫는 시작이기도 하다.

당신은 하나의 과정이다. 우주도 하나의 과정이다. 당신 곁에 존재하는 모든 것이 하나의 과정이다. 그 과정과 소통하며 신뢰하라. 당신의 인생이 흘러가는 방향을 신뢰하며 이를 통해 과연 무엇을 얻게 되는지 지켜보라.

신과 함께 살기

활기찬 것은 곧 사랑이다. 가장 위험하고 창조적이며
훌륭하게 사는 이들은 세상에서 가장 멋진 사랑을 한다.

윌리엄 맥나마라

윌리엄 맥나마라

미국 로드아일랜드 주 프로비던스에서 태어났다. 1944년 맨발의 카르멜회 수사가 되었고, 1951년 로마 가톨릭 신부로 서품되었다. 그 뒤로, 캐나다와 아일랜드, 그리고 미국에서 강연과 묵상회를 이끌었다. 1960년, 교황 요한 23세와 접견한 뒤에 Spiritual Life Institute를 설립하고 애리조나 주 세도나와 콜로라도 주 크레스톤에 은둔자의 집을 세웠다. 이 두 곳의 센터에서는 예배와 찬미로 이루어지는 교회의 전통적인 기도인 성무일도를 행한다.

난 콜로라도 크레스톤에 자리 잡은 카르멜회 수도원에 몸담고 있
다. 대부분의 시간을 고독 속에서 보내기 때문에 공동체 안에서의 삶
이 매우 중요하다. 어떤 이들은 고독을 잘못 이해해, 고립과 같은 뜻
으로 받아들이기도 한다. 하지만 고독은 고립과는 정반대의 의미다.
완전한 고독의 상태에 도달하면, 존재의 중심으로 들어간다. 그리고
마침내 세상 모든 창조물과 연결된다. 이때 얻어지는 교감은 군중 속
에서는 결코 얻어질 수 없는 것이다. 고요함 속에서 비로소 다른 사
람과 진정으로 만날 수 있다. 열정적이며 개인적인 관계를 맺을 수
있고, 존재를 획득할 수 있다. 그러므로 영적인 삶은 세 단어로 요약
될 수 있다. '개인적인, 열정적인, 존재'가 바로 그것이다.

우리 수도원에서 모든 수행과 수련과 규율과 몇 가지 원칙의 핵심은 할 수 있을 때마다 끊임없이 하느님을 인식하는 것이다. 모든 이가 오직 유념의 마음으로 하느님의 존재에 집중하는 것이다. 지력과 의지와 직관과 감정을 총 동원해서 말이다.

하지만 고독 속에서조차, 유념의 마음은 자연스럽게 생겨나지 않는다. 이를 얻기 위해서, 난 새벽 네 시 반에 일어난다. 그리고 하느님께 감사드린다. 새로이 맞이한 하루를 주심에. 그분을 발견하고, 경외감 속에서 만끽하고 섬길 수 있는 새로운 기회를 주심에. 그리고 그분의 힘과 은혜로움으로 내가 자리한 곳과 이 세상에 그분의 힘과 평화의 도구가 될 기회를 주심에 감사드린다. 기도와 속죄의 삶은 눈에 당장 보이는 환경뿐만 아니라, 꿈 꿀 수 없는 세상에까지 영향을 미친다고 믿는다.

내가 가장 좋아하는 은둔자 중 한 사람인 위대한 작가 헨리 데이비드 소로우는 말했다. 신중하게 하루를 살 수 있는 이에게 일등상을 주겠노라고 말이다. 그것이 바로 내가 얘기하는 유념의 삶이다. 내가 이른 아침 눈을 뜨는 것은 하루를 신중하게 살기 위함이다. 집중하고 또 집중해, 마침내 모든 자연과 모든 사람과 모든 실재에 스며든 신비에 매료되고 압도당하기 위함이다.

우리가 할 수 있는 가장 나쁜 일 중 하나는 하루를 빼먹고, 건너뛰고, 허비하는 것이다. 하루가 시작될 때, 자신을 전사로 여기고 세상

214

의 악과 맞서 싸우는 것은 중요하다. 비단 하루를 어린아이처럼 즐기기 위해서가 아니다. 고요와 고독은 어떤 악이든 세상을 지배하는 종말론적 전투에 최고의 환경을 제공한다.

진정으로 종교적인 사람은 음산한 분위기를 뿜어내지 않는다. 단조롭거나 정형화 되어 있지도 않다. 그저 훨씬 더 활기찰 뿐이다. 활기가 기본이다. 사랑도 마찬가지다. 활기찬 것은 곧 사랑이다. 가장 위험스럽고, 창조적이며, 훌륭하게 사는 이들은 세상에서 가장 멋진 사랑을 한다. 수도하는 삶의 궁극적인 목적은 그런 이들을 위한 환경을 창조하는 것이다. 결혼을 하지 않는 것도 보다 위대한 사랑을 하기 위함이다. 하느님과 동행하는 지극한 기쁨을 만끽하기 위해, 특별한 즐거움을 기꺼이 포기하는 것이다.

도시로 나가면, 사람들이 묻는다.

"진짜 세상으로 돌아오니 기분이 어떤가요?"

그러면 나는 대답한다.

"어디 말씀입니까? 저는 이제 막 진짜 세상에서 떠나온 것을요."

나는 불경한 세상과 신성한 세상을 구분 짓는 것조차 싫어한다. 오직 하나의 세상이 있을 뿐이니까. 중심에 가까워질수록, 그리해 사물의 마음에 다가갈수록, 하느님을 더 많이 발견하게 된다. 내 앞에 선 사람의 마음에 닿는다면, 한 마리 개의 마음에 닿는다면, 푸른 나무의 마음에 닿는다면, 그 순간 신을 만나는 것이다. 하느님은 세상 만물의 마음에 머문다.

하느님과 친밀한 관계를 일궈 나가는 데는 '묵상, 기도, 그리고 응시'의 세 가지 단계가 있다. 당신이 하는 것, 당신이 생각하는 방법, 당신이 읽는 방법. 이것이 묵상이다. 묵상은 당신을 기도로 이끈다. 그러자면 하루 중 얼마간의 시간을 내어 홀로 완전한 고요 속으로 들어가야 한다. 바로 그 상태에서 묵상이 시작된다. 성녀 테레사는 묵상을 하느님과 마음으로 나누는 대화라 정의했다. 우리는 그분이 우리를 사랑한다는 사실을 안다. 알게 되는 것. 그리고 사랑받는 것. 그것이 바로 묵상을 통해 얻으려는 바다.

두 번째 단계인 기도에 이르려면, 그만 주인공의 자리를 내어 놓아야 한다. 현명하게 한 걸음 뒤로 물러설 수 있어야 한다. 그러면 묵상이 기도로·바뀌고, 하느님과 이야기를 나눌 수 있게 된다.

기도는 마음의 울음이다. 생각이 마음에 새겨지면, 마음이 불타오르게 된다. 당신의 울음은 내면의 진실에서 비롯된 것이다. 울음이란 때로는 기쁨이고, 때로는 슬픔이며, 때로는 탄식이고, 때로는 어리석음이다. 하지만 언제나 마음에서 비롯된다. 이제 하느님이 관계의 주인이다. 당신은 하느님의 힘과 하느님의 영에 압도된다. 그리고 이 시대를 살아가는 그리스도가 된다. 당신은 그리스도처럼 생각한다. 그리스도처럼 사랑한다. 그리스도처럼 행동한다. 온전히 그곳에 존재하는 것. 바로 그것이 기도이다.

이제 마지막 단계이다. 응시. 이는 조용히 바라보는 것이다. 이 단계에 도달하면, 더 이상 할 말도 할 일도 없어진다. 그저 사랑받을 뿐이다. 진정으로 응시하면, 노력은 효과적이고도 지속적인 결실을 맺을 것이다.

응시 없는 행동은 맹목적이다. 오늘날 정치계와 대학에서 이러한 상황이 벌어지는 것이 우려스럽기만 하다. 대학에 다니는 동안, 대부분의 경우 하느님과의 친밀한 관계가 소원해진다. 믿음과 인간애와 분별력을 잃어버리고 마는 것이다. 파도처럼 밀려드는 자료와 정보에 압도되는 까닭이다. 하지만 이해와 지혜 없이는, 신비를 향해 나아갈 수 없다. 신비가 사라져 버린 삶은 풀어야 할 문제의 연속이 될 뿐이다.

하느님은 놀랍다. 그분은 항상 우리를 놀라게 한다! 하느님은 언제나 우리의 상상을 완전히 뛰어넘는다. 그분은 꿈조차 꾼 적 없는 방식으로 우리를 변화시킨다. 수녀 한 분이 피정을 위해 우기 중에 우리 수도원을 찾아왔다. 그분은 일상을 보다 경건하게 만들고 싶어 했다. 하지만 그분은 이미 충분히 그러했다. 뿐만 아니라 바로 이 점이 그분의 변화에 가장 큰 걸림돌이 되고 있었다. 그분은 좀 더 경건하게 독서하고, 좀 더 대화하고, 좀 더 명상하고 싶어 했다.

우리는 공항으로 그분을 마중 나갔다. 그리고 지붕 없는 트랙터를 함께 타고 60킬로미터에 달하는 울퉁불퉁한 숲길을 이동했다. 그것도 쏟아지는 폭우 속에서 말이다! 그분은 우리 수도원에서 한 달간 머물렀는데, 그중 가장 종교적이었던 경험은 독서도 명상도 대화도 계획했던 바도 아니라고 했다. 바로 비를 흠뻑 맞으며 트랙터를 탔던 기억이라고 했다! 그것이 바로 하느님의 방식이다. 당신 뜻대로 자유롭게 행하시는 것이다.

하느님은 다정하지 않다. 하느님은 행운을 가져다주는 분이 아니다. 하느님은 친절한 이웃집 아저씨가 아니다. 그분의 동굴에 들어가고자 한다면, 사자의 존재에 대처해야 한다. 살아서 밖으로 나올지 누가 장담할 수 있겠는가? 하느님은 물론, 사랑이다. 하지만 그분의 사랑은 끝이 없고 한이 없는 까닭에, 맹렬한 것이다! 사소한 일상으로 치부해 버릴 수도 없다. 우리의 방식과 잣대로 그분을 변형시킬 수도 없다. 우리는 하느님을 소유하거나 원하는 방식으로 그분에게 대처할 수 없다. 그분의 개인적 열정적 존재에 대해 그저 사자와 같은 놀라움으로 압도되어야만 하는 것이다.

chapter 5

일상 속의 신

God in everyday Life

진정한 종교는 진정한 삶이다.
모든 영혼과 선, 의로움과
함께하는 삶이다.

알베르트 아인슈타인

생명의 힘

오랜 세월 우리는 정착 생활 양식을 추구해 왔다.
어쩌면 이것이 우리가 그토록 정신적으로
가난한 이유 중 하나인지도 모른다.

삭티 거웨인

샥티 거웨인

자기계발 분야의 선구자이다. 베스트셀러 작가이자 세계적으로 유명한 의식 분야의 스승으로 25년 이상 활동해 왔다. 수많은 베스트셀러를 저술했으며, 모두 1000만 부 이상 판매되었고 30개 이상의 언어로 번역되었다. 마크 알렌과 New World Library 출판사를 공동 설립했고, 유명 프로그램인 〈오프라 윈프리 쇼〉, 〈굿 모닝 아메리카〉, 〈래리 킹 라이브〉 등에 출연하기도 했다. 지금은 남편인 짐 번스와 함께 캘리포니아 주 밀 밸리에 산다.

우리를 포함한 모든 것을 창조하는 생명의 힘. 그것은 바로 신이다. 신은 끊임없이 우리를 통해 흐르며, 우리를 살게 한다. 생명의 힘 속에는 완전한 지혜와 에너지가 깃들어 있다. 신과 맺어 가는 개인적인 관계 속에서 자신을 발견하기 위해서는, 그 힘과 조화를 이루고, 그 힘을 향해 나아가며, 그 힘을 믿어야 한다. 나는 우리 모두가 저마다 진리의 샘을 간직하고 있다고 믿는다. 그러니 가장 내밀한 곳에 자리한 진리에 닿을 수도 있을 것이다. 필요한 것은 자신의 직관에 귀 기울이고, 깊고 깊은 진리를 진정으로 청하며, 이를 신뢰하고, 삶의 매 순간 기꺼이 이에 따라 행동하는 방법을 배우는 일뿐이다.

내가 처음부터 이러한 믿음 속에서 태어나고 성장한 것은 아니었다. 어렸을 때 신이란 사람들이 만들어 낸 이상적인 인간상이 아닐까 생각했다. 인생의 가장 심오한 질문에 대한 답을 얻을 길 없었던 사람들이 마음을 달래려고 말이다. 그래야 우리가 왜 지금 이곳에 있는지, 우리가 어디서 어떻게 왔는지, 우리가 어디로 가고 있는지, 알 수 있을 테니까. 종교와 영적인 것들은 기본적으로 미신에 불과하며, 과학적으로 증명될 수 없다면 존재하지 않는 것이라고, 난 믿었다.

대학에 다닐 때, 좀 더 다양한 감정들에 마음을 여는 연습을 시작했다. 지금 이 순간, 내 안에 있는 것들을 신뢰하는 법을 배운 것이다. 그때부터 '직관'을 내면의 나침반으로 삼았다.

대학 졸업 후에는 세계를 여행했다. 하지만 어디로 가는지, 무엇을 할지, 알지 못했다. 게다가 수중에는 돈도 거의 없었다. 그 여행은 나에게 형이상학적인 시작과도 같았다. 그럼에도 불구하고 모든 상황을 잘 헤쳐 나갔다. 그러다 문득, 깨달았다. 모든 일들이 잘 풀려나간 것은 내 안에 자리한 정신을 믿었기 때문이라는 사실을 말이다. 인도에 도착했을 무렵에는, 수중에 한 푼도 남아 있지 않았다. 하지만 그러한 상황은 오히려 나에게 지극한 자유의 경험을 안겨 주었다. 어디를 가든, 내 안의 정신과 깊이 연결되어 있음을 느꼈다.

배를 타고 갠지스 강을 건널 때, 신비로운 경험을 했다. 시바 신의 에너지를 느꼈던 것이다. 인도 종교인 힌두교에는 창조의 신 브라흐마, 유지의 신 비슈누, 그리고 파괴의 신 시바, 이렇게 세 주신이 존재한다. 시바는 인생이란 끊임없이 변화하니 항상 낡은 것을 보내고 새로운 것을 받아들여야 한다는 원리를 상징한다. 우리는 기꺼운 마음으로 끊임없이 변화해야 한다. 시바는 춤을 즐기며 관장했는데, 그 춤으로 인해 우주가 계속 움직인다고 한다.

여행을 마치고 돌아올 무렵, 내가 깨달음을 얻고 인격의 성장을 이루고 싶어 한다는 사실을 알게 되었다. 난 책을 읽기 시작했다. 또한 영적 스승들을 찾아가고, 정신을 고양시킬 수 있는 연수에 참여했다. 나의 실체를 스스로 만들어 간다면 삶 또한 원하는 방향으로 일궈 나갈 수 있을 것 같았다. 그러면 부질없는 방황을 그만 멈출 수 있을 것 같았다. 창조적인 시각과 긍정의 방법을 사용하기 시작했다. 그러자 인생이 훨씬 더 역동적으로 변했다. 다른 사람들에게도 보여 주고 싶었다. 그래서 직접 단체 연수를 이끌기 시작했고 책도 집필했다.

그 무렵까지도, 인생의 포로라는 느낌을 완전히 떨쳐 내지 못했다. 인생이란 시작되는 순간부터 최선을 다해 살아내야만 하는 것이었으니까. 이제야 나는 이해하기 시작한다. 우리의 실체는 우리가 직접 만들어 가야 한다. 또한 우리가 직접 우리의 두 손에 힘을 실어 주어야 한다. 우리를 위해 대신해 줄 사람은 아무도 없다. 그러니 어떻게든 우리 손으로 직접 창조해 나가야 한다. 우리는 할 수 있다. 하지만 그러자면 먼저 간절히 원해야 한다.

'내가 우주의 힘을 위한 창조적인 통로'라는 믿음이 나를 변화시켰다. 난 인생을 온전히 책임지기 시작했다. 모든 순간, 나의 인생을 만들어 나갔다. 그러다 문득, 이는 내가 일궈 낸 것이 아님을 깨닫게 되었다. 우주 안의 모든 것에 존재하며, 모든 것을 창조하며, 나를 통해 흐르는 것은 바로, 보다 높은 차원의 힘이었다. 그러자 인식할 수 있었다. 난 그러한 창조적인 힘을 걸러 내 희석시킬 수도 있었다. 하지만 온몸에 두른 거름종이를 던져 버리고, 보다 강력한 힘의 통로가 될 수도 있었다.

정신적인 수행은 내 안에 자리한 깊고 지혜로우며 강력한 힘에 항복하는 하나의 방식이 되어 갔다. 어찌하면 인생을 더 잘 다룰 것인가 고민하는 대신, 초점을 옮겨 자문하기 시작했다.

'내 안에 자리한 깊고 깊은 지혜와 어떻게 손을 잡을 것인가? 어찌하면 혼란스러워하는 자아를 가장 내밀한 곳으로 이끌 수 있을까? 그리해 이를 힘으로 삼아 진정 원하는 곳으로 갈 수 있을까?'

마침내 나는 내면의 나침반이 가리키는 심오한 진리에 도달할 수 있게 되었다. 하지만 늘 그럴 수 있는 것은 아니다. 인간적인 혼란과 기억속의 아픈 감정과 습관들, 그리고 이겨 내야만 하는 상황들이 항상 존재하는 까닭이다. 하지만 점점 깊은 진리와 지식을 느끼고 듣고 경험할 수 있게 되었다. 나를 통해 흐르는 위대한 사랑과 힘을 분명히 느끼게 된 것이다.

이렇게 나만의 방식으로 신과 만났다. 나와 세상 모든 창조물에 존재하는 위대한 힘, 사랑, 그리고 지혜로운 에너지와 연결되었다. 누구나 삶의 모든 순간에 이러한 생명의 힘과 연결될 수 있다. 하지만 그러기 위해서는 약속과 연습이 필요하다. 먼저 내밀한 곳에 자리 잡은 두려움과 의구심과 오해를 떨쳐 내야 한다.

대부분의 종교는 많은 규율과 체계를 제시한다. 특정한 발달 과정에서는 필요한 일이기도 하다. 안전한 삶을 영위하기 위해, 어린 아이들에게 규칙이 필요하듯이 말이다. 하지만 어떤 단계에 이르면, 규칙의 틀에서 그만 벗어나야 한다. 그리고 다른 종류의 규칙이 적용되는 또 다른 길로 들어서 보아야 한다. 신과 우리 자신을 바라보는 새로운 시각을 가질 수 있도록 말이다. 그렇게 조금씩 자기만의 방식으로 신과 만나야 한다.

나에게, 훌륭한 교사와 치료사의 역할이란 사람들이 스스로를 신뢰하고 보다 높은 차원의 힘과 저마다의 방식으로 연결될 수 있도록 돕는 것이다. 그러한 힘과 연결되면, 더 이상의 규칙은 존재하지 않는다. 삶이란 항상 변화하고, 즉흥적이며, 진화를 거듭하는 법이니. 작년에, 지난달에, 심지어 1분 전에 효과적이었던 규칙에 한없이 매달린다면 분명 낭패를 당하고 말 것이다. 인생이란 늘 변화하면서 우리의 새로운 면을 발전시키고 우리에게 새로운 길에 대한 믿음을 심어 준다. 규칙에 얽매이면 자신을 가두게 되어 더 이상의 발전은 불가능해진다. 하지만 규칙을 유용할 때까지만 사용하다가 적당한 때 떨쳐 내고 내면의 나침반을 끊임없이 구한다면, 계속 변화하고 발전할 수 있다. 모든 인간은 자신만의 길을 걸어야 한다. 다른 이의 길과는 여러 가지 면에서 다른 자기만의 길을 말이다. 하지만 경험을 함께 나누어야 한다. 또한 서로를 돕고 격려해야 한다.

나는 육체가 정신과 연결된 가장 중요한 통로 중 하나라고 믿는다. 우리가 사는 세상은 지금보다 높은 차원의 깨달음을 향해 진화를 거듭하고 있다. 그러니 우리의 육체와 우리 주변의 다른 사람들, 이 지구 안에 존재하는 생명의 힘이 '신'이라는 사실을 인식하는 것이 무엇보다 중요하다. 육체는 움직임을 좋아한다. 활동적인 것을 좋아한다. 오랜 세월, 우리는 정착 생활 양식을 추구해 왔다. 어쩌면 이것이 우리가 그토록 정신적으로 가난한 이유 중 하나인지도 모른다. 일과 춤과 모든 자연적인 움직임 속에는 생명의 힘이 흐른다. 이 힘에 의해 육체가 움직일 때, 지극히 자연스럽고 더없이 행복한 연결고리가 생겨난다. 하지만 우리는 그것을 잃어버리고 말았다.

육체를 인식하는 것은 전통적인 정신 수양 방식과는 거리가 멀다. 육체란 정신을 산만하게 만들기 때문에, 초월해야 할 대상일 뿐이다. 그렇지만 내게는 물질적인 면이 무척 흥미진진하게 느껴진다. 우리가 지금 여기 존재하는 까닭은 물질적 형상 속에 존재하는 신성을 한 단계 발전시키기 위해서가 아닐까. 그러니 도전할 수 있는 한, 용감히 나아가 시도해 보는 거다! 육체에서 벗어나려는 노력은 이제 그만 두자. 오히려 육체 안으로 들어가, 물질적 형상 속에 깃든 최고의 기쁨을 경험하자.

나에게, 정신적인 에너지는 생명의 힘과 다르지 않다. 정신적인 에너지는 성적인 에너지와 완전하고도 밀접하게 연관되어 있다. 마음과 사랑과 생명의 힘과 깊은 연관을 맺고 있는 바로 그 에너지와 말이다. 사랑을 성적인 방식으로 표현할 수 있는 것은 아마도 가장 높은 차원의 경험일 것이다. 이것이야말로 가장 내밀한 곳에 자리한 완전한 자아와 마주하게 해 줄 유일한 경험인 까닭이다. 불행하게도, 이는 우리에게 너무나도 어려운 일이다. 성적인 사랑을 온전히 경험할 수 있으려면, 먼저 일정한 감정의 유형을 떨쳐내야 한다.

신과의 중요한 물질적 연결 고리가 또 하나 있다. 모든 물질적 형상의 어머니인 자연이다. 바로 이 지구다. 유난히 아름답게 느껴지는 장소를 찾아보라. 길 건너 공원, 해변, 숲, 어떤 곳이라도 좋다. 그리고 그곳에서 고요한 마음으로 얼마간의 시간을 보내라. 편안한 자세로 누워 천천히 흘러가는 구름을 바라보라. 그러는 동안, 당신의 육체는 매우 강렬한 느낌을 받을 것이다. 육체를 통해 흐르는 자연의 에너지를 느끼게 될 것이다. 나무 옆에 서서 두 손을 나무에 대거나 꼭 끌어안아 보라. 그 순간 당신과 나무 사이에 흐르는 에너지를 느껴보라. 그러면 문득 고개를 끄덕이게 될 것이다. 육체와 자연을 연결시켜 주는 모든 것이 언젠가는 창조적인 생명의 힘과 연결되리라는 사실을 깨닫게 될 것이다.

진정함에서 비롯된 평화

치통에 시달릴 때 나는 비로소 깨닫는다.
치통을 느끼지 않는 때가 더 없이 멋진 순간임을.
그것이 바로 평화임을.

틱낫한

틱낫한

　　　　　학자이자 활발하게 활동하는 승려인 그는 1926년 베트남에서 태어났다. 열여섯 나이에 불가에 들어온 뒤, 서구에 가장 많이 알려지고 가장 많이 사랑받는 불교의 스승이 되었다. '참여 불교'의 주창자이며, 베트남 전쟁 중 '불교 평화 대표단' 의장으로 활동했다. 전쟁을 반대하는 다양한 활동 때문에 1967년 마틴 루터 킹 목사에 의해 노벨 평화상 후보로 추천되었다. 하지만 이 때문에 1966년 고국 베트남에서 추방되기도 했다. 25권이 넘는 책을 출간했으며, 1982년 프랑스에 명상수련센터인 플럼빌리지를 설립했다. 현재 이곳에서 살며 자신이 창시한 사회 불교의 일종인 '상즉종 Order of Interbeing'을 이끌고 있다.

시 한 편을 여러분과 함께 나누고 싶다. 30여 년 전, 베트남의 수도 사이공에서 스물여덟의 나이로 숨을 거둔 내 친구의 작품이다. 그가 세상을 떠난 후, 사람들은 그가 남긴 아름다운 시들을 발견했다. 다음에 소개하는 시를 읽고 나는 그만 깜짝 놀라고 말았다.

　담장 옆에 가만히 기대선 당신은
　신비로운 미소를 머금고 있네.
　당신의 고운 노래 소리가 말을 잃은
　나의 몸과 마음을 포근히 감싸네.
　시작도 없고 끝도 없네.

당신에게 진심 어린 인사를 건네네.

이 시에서 '당신'이란 한 송이 달리아 꽃을 의미한다. 담장을 따라 걷던 어느 날 아침, 친구는 아주 작은 꽃 한 송이를 온 마음으로 바라보다가 그 꽃의 모습에 매료되었다. 그리하여 걸음을 멈추고 이 시를 썼다.

나는 이 시를 무척 좋아한다. 친구가 불교에 몸담지 않았을까 생각하는 사람이 있을지도 모른다. 사물을 바라보고 생각하는 방식이 깊고 깊은 까닭이다. 하지만 그는 지극히 평범한 사람이었다. 시인이었다. 그가 어떻게, 또한 어찌하여 이런 시각을 가지게 되었는지는 정확히 알지 못한다. 다만 이것이 불교 묵상의 수행 방식인 '유념'과 맥을 같이 한다는 점만은 분명하다. 우리는 이 순간의 삶에 집중하려고 애쓴다. 지금 이 순간 우리에게 일어나는 일들을 온 마음으로 바라보려 애쓴다. 차를 마실 때, 산책할 때, 자리에 앉을 때, 일어설 때, 우리는 애쓴다. 이러한 노력이 성공으로 이어지기 위해서는 진정한 자신으로 존재해야 한다. 진정한 자신으로 존재할 때 비로소 지금 이 순간의 삶과 마주할 수 있는 까닭이다.

최후의 만찬에서, 예수께서 말씀하셨다.

"이 빵은 내 살이다. 이를 먹어라."

실로 놀라운 말씀이 아닐 수 없다. 당신의 열두 제자가 아직 깨달지 못했음을 알아챈 것이 분명하다. 이를 알게 된 순간, 그들을 일깨울 무언가가 필요했을 것이다. 그들을 지금 이 순간의 삶에 온전히 녹아들게 할 강력한 무언가가 말이다.

그분은 또한 말씀하셨다.

"이 포도주는 내 피다. 이를 마셔라."

빵을 먹는다는 것은 진정으로 그 빵을 먹는 것이다. 와인을 마신다는 것은 진정으로 그 와인을 마시는 것이다. 꽃을 바라보고, 어린 아이의 눈을 바라보는 것 또한 마찬가지다. 그 순간 바로 이곳에, 하느님의 나라가, 극락세계가 펼쳐지는 것이다.

꽃에 대한 이야기가 하나 더 있다. 불교계에서는 널리 알려진 이야기다. 어느 날 부처께서 1천 여 명의 승려 앞에 꽃 한 송이를 내밀어 보이셨다. 그분은 꽤 오랫동안 아무런 말씀도 안하셨다. 그러다 문득, 환하게 미소 지으셨다. 운집한 승려 중 한 사람이 당신과 꽃을 향해 미소 지었기 때문이다. 그 승려의 이름은 '마하카샤파' 였다. 오직한 사람이 미소 짓자, 부처께서 미소를 지으셨다.

그리고 말씀하셨다.

"내게는 보물이 하나 있다. 통찰의 능력이 바로 그것이다. 그리고 나는 이를 마하카샤파에게 전했다."

수 세대에 걸쳐 이 이야기가 논의되어 왔다. 사람들은 안에 담긴 의미를 찾기 위한 노력을 멈추지 않았다. 이 이야기가 나에게 전하는 뜻은 지극히 단순하다. 누군가 꽃 한 송이를 들어 당신에게 보인다고 하자. 그렇다면 그가 바라는 것이 과연 무엇이겠는가. 바로 당신이 그 꽃을 보는 것이다. 하지만 당신이 그 행동 안에 담긴 뜻을 찾으려고 끊임없이 생각한다면, 정작 눈앞에 있는 꽃은 놓치고 말 것이다. 생각하지 않은 사람만이, 그리하여 진정한 자신으로 존재한 단 한 사람만이, 부처께서 내민 꽃과 진정으로 만날 수 있었다. 그리고 미소 지었다.

이것은 삶에 관한 문제이다. 우리가 이곳에 존재하지 않는다면, 지금 이 순간에 존재하지 않는다면, 그리해 진정한 자신으로 존재하지 않는다면, 모든 것을 놓치고 말 것이다. 한 어린 아이가 당신을 향해 미소 짓는다. 미소를 통해 자신의 마음을 전하려고 한다. 하지만 당신이 진정으로 그곳에 존재하지 않는다면 어떻게 될까. 아직 오지 않은 미래나 이미 지나가 버린 과거를 생각하거나 이런 저런 골치 아픈 일들에 정신을 쏟고 있다면 말이다. 그러면 당신을 향해 미소 짓는 아이는 진정으로 그곳에 존재하지 못할 것이다. 진정으로 살아 있기 위해서는, 신성한 삶을 영위하기 위해서는, 사실을 있는 그대로 받아들이기 위해서는, 진정한 자신으로 돌아가야 한다. 그러면 아이가 하나의 실재로 느껴질 것이다. 비로소 아이의 미소를 볼 수도, 아이를 품에 안을 수도 있게 되는 것이다.

이렇듯 놀라운 실재 안에서 살아가는 것은 모두가 바라는 일이다.

모두가 한평생 평화롭게 살기를 원한다. 하지만 이쯤에서 하나 묻고 싶은 것이 있다. 우리에게 과연 평화로움을 즐길만한 능력이 있을까? 평화로울 때, 우리는 이를 만끽할 수 있을까? 혹시 지루해 하지는 않을까? 나에게, 평화와 행복과 기쁨과 삶은 하나다. 바로 이 순간, 우리는 신성한 실재에서 비롯된 평화로움을 경험할 수 있다. 내면에서, 주변에서, 얼마든지 가능한 일이다. 평화로움을 만끽하지 못하면서, 어찌 평화로움을 구할 수 있겠는가?

치통을 앓을 때, 나는 비로소 깨닫는다. 치통을 느끼지 않는 때가 더없이 멋진 순간임을. 그것이 바로 평화임을. 치통을 앓고 나서야, 비로소 깨달았다. 치통이 없는 상태가 더없이 멋지다는 사실을 말이다. 치통을 느끼지 않는 순간. 그것이 바로 평화로움이다. 기쁨이다. 하지만 정작 치통을 느끼지 않을 때, 그다지 행복을 느끼지 못한다. 그러니 지금 이 순간을 응시해야 한다. 치통을 앓고 있지 않다는 사실을 직시해야 한다. 그래야 비로소, 그것이 이미 나를 행복하게 만들고 있다는 사실을 깨닫게 된다.

실수로 시력을 잃고 만 의사를 알고 있다. 모든 것은 한밤중에 잘못 넣은 안약에서 비롯되었다. 눈에 넣으면 치명적인 그 약물 때문에, 몇 달 뒤에는 아무것도 볼 수 없게 되고 말았다. 사랑하는 아들의 얼굴이 그리울 때면, 그녀는 아들의 얼굴을 직접 손가락 끝으로 더듬으며 기억을 되살려야 했다. 그녀에게, 볼 수 있다는 것은 기적이었다. 그녀는 입버릇처럼 말하곤 했다. 시력을 되찾을 수만 있다면 천국에서 사는 것과 다름없을 것이라고. 그녀의 척도대로라면 우리들 대부분은 이미 천국에 살고 있다. 눈을 뜨기만 하면 푸른 하늘과 흰 구름, 맑은 강과 고운 꽃, 아름다운 아이들을 볼 수 있다. 필요한 것은 두 눈을 가졌다는 사실에 유념하는 일뿐이다. 그것이 우리를 행복하게 만들 수 있다는 사실을 온 마음으로 받아들이는 일뿐이다. 우리에게 지극한 평화로움을 가져다 줄 재료들은 이미 이곳, 우리 안에 있다.

평화로움을 가져다 줄 수 있는 것들은 무수히 많다. 다음에 샤워나 목욕을 할 때, 엄지발가락을 부드럽게 감싸 쥐고 마음을 모아 보길 권한다. 우리는 평소 발가락에 전혀 신경을 쓰지 않는다. 하지만 발가락에 유념하면, 이들을 향해 미소를 지으면, 우리의 몸이 얼마나 친절한 존재인지 새삼 깨닫게 된다. 우리는 발가락의 세포가 돌연 암세포로 변할 수도 있음을 안다. 하지만 발가락은 그동안 아주 잘 처신해 왔다. 덕분에 이런저런 문제들을 거뜬히 피해 온 것이다. 그럼에도 불구하고 우리는 조금도 다정하게 대한 적이 없었다. 발가락을 감싸 쥐고 마음을 모으는 연습. 그것만으로도 우리는 충분히 행복해질 수 있다.

몸속에서 몸에 대해 묵상할 때, 비로소 깨달을 수 있다. 마음속에서 마음에 대해 묵상할 때 비로소, 마음이 아름다운 씨앗들을 품고 있음을 깨닫는다. 우리는 행복과 기쁨을 느끼도록 스스로를 도울 수 있다. 그렇게 하지 않는다면 삶의 고통스러운 얼굴만을 마주한 채 살아가야 한다. 우리는 묻곤 한다.

"도대체 뭐가 잘못된 거지?"

그리고 모든 에너지를 그것에 집중한다. 그러는 동안 행복은 점점 그 빛을 잃어 간다. 옳은 것, 잘된 것은 무시해 버린다. 내면과 주변에 존재하는 멋진 것들에게는 눈길조차 주지 않는다. '잘못 되지 않은 것'에 유념하는 연습은 참으로 멋진 결과를 낳는다.

어린아이였을 때, 우리는 자주 미소 지었다. 하지만 어른이 되고 난 후엔 미소를 찾아보기 힘들어진다. 삶이 힘겨운 까닭이다. 나는 10년, 20년 동안 한 번도 웃지 않은 사람을 알고 있다. 오랫동안 마음 깊은 곳에 자리한 미소의 씨앗이 싹틀 기회를 얻지 못한 것이다. 그들은 자꾸만 이렇게 되묻는다.

"도대체 뭐가 잘못된 거지?"

그러니, 질문의 내용을 바꾸는 것이 좋은 시작이 될 수 있다.

"뭐가 잘 된 거지? 잘못 되지 않은 것이 뭘까?"

이런 식으로 묻고 대답하며 찾아낸 지극히 상쾌한 답에 집중하면 스스로를 치유하고 성장시킬 수 있다. 또한 자신과 주변 사람들을 위한 기쁨과 행복을 스스로 만들어 낼 수 있다.

부처께서는 호흡의 유념에 대해 설법하셨다. 연습을 위한 열여섯

가지의 수행법도 소개하셨는데, 실로 놀라울 따름이다. 그중 첫 번째
는 지극히 간단하다.

"숨을 들이 마신다. 숨을 들이마시고 있음을, 나는 안다. 숨을 내쉰
다. 숨을 내쉬고 있음을, 나는 안다."

이것이 전부다. 이 문장이 너무 길게 느껴진다면 '마신다. 내쉰
다.' 는 두 단어만으로도 충분하다. 숨을 들이 마실 때, 그것이 들숨임
을 인식하며 말하라. "마신다." 숨을 내쉴 때, 그것이 날숨임을 인식
하며 말하라. "내쉰다." 그뿐이다.

부처께서 꽃을 들어 보였을 때, 아마도 마하카샤파가 이 수행법을
실천하지 않았을까 생각한다. 그래서 꽃과의 진정한 만남이 가능하
지 않았을까. 그를 제외한 모든 이들은 생각하고 있었을 것이다. 그
들의 생각이 꽃과의 만남을 방해한 것이다. 생각은 중요하다. 하지만
우리 생각의 대부분은 쓸모가 없다. 우리 머릿속에는 종일 쉬지 않고
작동되는 카세트가 들어있는 것만 같다. 우리는 이것을 생각한다. 그
리고 또 저것을 생각한다. 생각을 멈추기란 좀처럼 쉽지 않다. 진짜
카세트라면, 그저 정지 단추를 누르면 그만이다. 하지만 우리 생각에
는 그런 단추가 없다. 그래서 생각이 너무 많을 때면, 근심에 빠지고,
잠 못 이루며, 지금 이 순간과 만날 수 없게 되고 만다.

호흡에 유념하는 수행법에 따라 들숨과 날숨에 집중하면 생각을
멈출 수 있게 된다. '마신다. 내쉰다.' 는 생각이 아니라, 호흡에 몰입

할 수 있도록 돕는 단어일 뿐이기 때문이다. 몇 분 동안 들숨과 날숨을 반복하며 미소 지으면, 지극한 상쾌함을 경험하게 된다. 진정한 자신의 모습을 되찾으면, 꽃과 빵과 포도주와 아이와 진정으로 만날 수 있다. 지금 이 순간에 일어나는 모든 것들을 놓치지 않게 되는 것이다.

숨을 내쉬고 숨을 들이마시는 것은 매우 중요하다. 뿐만 아니라 무척 즐거운 일이다. 누구나 경험했을 것이다. 감기에 걸려 코가 막히면 마음껏 숨을 쉴 수가 없다. 천식에 걸려도 마찬가지다. 하지만 공기가 맑으면 숨 쉬기가 즐겁다. 나에게, 호흡이란 절대 놓칠 수 없는 기쁨이다. 날마다 나는 호흡을 연습한다. 묵상을 위해 마련한 작은 방에다 이런 문구를 붙여 두었을 정도다.

호흡하라. 너는 살아 있다!

호흡하고 미소 짓는 것만으로도 우리는 충분히 행복해질 수 있다. 호흡에 집중할 때, 온전히 자신을 되찾을 수 있다. 또한 이 순간의 삶과 만날 수 있다. 나에게는 바로 이것이 천국이다. 진정한 기적은 물위를 걷는 것이 아니라, 지금 이 순간에 사는 것이다. 유념의 상태로 살아가면, 모든 순간 신과 조우할 수 있다. 설거지를 하다가, 꽃을 바라보다가, 어린아이의 눈망울을 바라보다가 문득 신과 만나게 되는 것이다.

내면과 주변에 존재하는 상쾌함과 평화로움과 치유의 요소들과 만날 때, 비로소 소중한 것을 간직하고 보호하고 성장시키는 방법을 배울 수 있다. 이 모든 것들이 바로 언제든 소용되는 평화로움과 행복을 이루는 요소이다. 단순한 것들은 지극히 가까운 곳에서 바라보지 않으면 지루하게 느껴지는 법이다.

소박한 즐거움을 만끽할 줄 모르는 사람들이 있다. 때문에 술과 마약처럼 자신과 이웃과 정신과 가족을 파괴하는 것들에 집착한다. 그리해 자식들과 후손들까지 고통스럽게 만든다. 지금 이 순간의 평화로움을 만끽하는 방법을 배울 수 있다면, 상쾌함 속에서 행복을 느낄 수 있다면, 치유의 요소들이 모두 그 빛을 발할 것이다. 또한 모든 종류의 덫을 피할 수 있을 것이다. 삶이란 오직 지금 이 순간에서만 발견할 수 있다. 과거는 이미 지나갔다. 미래는 아직 오지 않았다. 그러니 지금 이 순간의 자신으로 돌아가야 한다. 그리해 진정한 삶과 만나야 한다.

집으로 가는 길

인생에서 얼마나 멀리 길을 잃고 헤맸던지….
신에 대한 열망은 언제나 나를 부드럽게 이끌어
집으로 돌아가게 했다.

휴 프레이더

휴 프레이더

아내 게일과 함께 열한 권의 책을 냈다. 『나에게 쓰는 편지 Notes to Myself』는 500만 부 이상 판매되기도 했다. 〈뉴욕타임스〉는 그를 일컬어 '미국의 칼릴 지브란'이라 했으며 〈New Reality〉 매거진은 '가장 매력적이고, 통찰력 있으며, 영감이 넘치고, 정신적인 이 시대의 작가'라 칭했다. 현재 미국 애리조나 주 남동부에 위치한 투산에서 교구 목사로 재직하고 있다.

내가 어릴 적에, 우리 가족은 플루톤 부인이라는 크리스천 사이언 스 전문가를 알고 지냈다. 플루톤은 성이었는데 이름은 알지 못한다. 당시에는 존경심을 표하기 위해 이름을 부르지 않았기 때문이다. 그래서 한 번도 그분의 이름을 들어본 적이 없었다. 그분은 무척 겸손하고 정직하며 독실했다. 한쪽 눈을 뜰 수 없었고 심한 관절염으로 제대로 걸을 수조차 없었음에도 불구하고, 하느님에게 의지하는 정신적인 능력만은 온전히 자유로웠다.

성공한 전문가로서의 외모를 갖추지 않은 까닭에 플루톤 부인은 자신을 잘 알지 못하는 이들의 존경까지 받지는 못했다. 사실 종종 무시를 당하기도 했다. 육체적인 질병을 치유하지 않았기 때문이다.

하지만 그분은 다른 이들의 생각에 상관하지 않았다. 자신이 처한 상대적 빈곤에 대해서도 마찬가지였다. 그분이 무엇보다 중요하게 여기는 것은 하느님과의 깊은 일체감이었다. 하느님에게 의지하는 그분의 소박함에, 나는 큰 영향을 받았다. 종종 그분에게 마음속 이야기를 털어놓기도 했다. 그러면 그분은 그저 두 눈을 감고, 숨을 죽인 채, 작은 기도를 읊조렸다.

온전히 그분의 영향 때문인지 알 수는 없으나 나 또한 하느님께 의지하려는 끝없는 갈망을 안고 살아왔다. 그것은 마치 향수병과도 같은 느낌이다. 물론 슬프지 않다는 것만 제외한다면 말이다. 또한 내 마음 깊은 곳에 간직되어 있는 따뜻하고도 사랑스러운 기억이다. 모두가 알고 있는 기억. 세상 무엇과도 바꿀 수 없는 기억이다. 인생에서 얼마나 멀리 길을 잃고 헤맸든지, 몇 번이나 나락으로 떨어졌든지, 신에 대한 열망은 언제나 나를 부드럽게 이끌어 집으로 돌아가게 했다.

아내 게일과 오랜 세월 해로해 왔다. 결혼 초, 우리는 하느님과의 관계 속에서 삶을 인식해야 한다는 사실을 깊이 확신했다. 그리고 다른 어떤 이유 때문이 아니라, 오직 하느님을 위해 하느님을 찾는 것을 목표로 삼았다. 그러다, 세상이 우리를 위해 더 나은 곳이 되어 주지 않는다는 사실을 깨달았다. 때문에 혼란스러웠고, 인생에 대해 환멸까지 느끼게 되었다.

이를 피하기 위해 기억해야 하는 두 가지 원리가 있다. 먼저, 지금 이 순간 있는 그대로의 삶을 붙잡는 것이다. 우리는 몸과 자녀와 가정과 일터를 책임져야 한다. 지금 이 순간 느껴지는 육체적인 고통이나, 자신이 야기한 혼란까지도 마땅히 책임져야 한다. 다시 말해, 다른 사람의 실수뿐만 아니라 자신의 실수까지도 책임져야 하는 것이다. 그 모든 실수를 분명히 깨닫고, 집으로 가는 길의 일부로 인식할 수 있어야 한다.

두 번째는 삶의 모습이 어떠하든지 하느님에게 의지하는 것이다. 모든 우연한 만남 속에서, 모든 사소한 일 속에서, 하느님에게 의지해야 한다. 모든 행동이 기도가 될 때까지, 계속해야 한다. 애견을 목욕시킬 때, 가계부를 쓸 때, 약속에 늦는 누군가를 기다릴 때, 직원을 해고할 때, 승낙할 때, 거절할 때, 모든 일들이 하느님의 평화를 알 수 있는 기회임을 깨달아야 한다. 이것은 절대 행동 강령이 아니다. 특별한 방식으로 바라보는 것도 아니다. 특별한 방식으로 느끼는 것일 뿐이다.

노력의 질과 양이 삶의 모습에 고스란히 투영되지는 않는다. 많은 노력을 기울인다고 반드시 삶의 모습이 그만큼 멋지고 근사해 지는 것은 아니다. 분명한 사실이다. 그럼에도 불구하고 조금 더 멋진 삶을 위해, 조금 더 근사한 삶을 위해, 노력하고 또 노력한다. 헌신을 삶의 멋진 그림을 위해 낭비하는 것이다. 우리는 하느님을 구한다. 그런 다음 확인을 위해 상황에 의지한다. 눈으로 확인할 수 있는 결과만을 중요하게 여긴다. 하지만 진정으로 중요한 것은 과정이다. 오직 과정 속에서만, 하느님을 볼 수 있다.

분명하게 인식해야 한다. 이 세상에, 우리의 행복을 위해 올바르게 변해야 하는 것은 없다. 이 세상에, 우리가 사랑할 수 있도록 올바르게 행동해야 하는 사람도 없다. 이러한 사실을 분명하게 인식할 때 비로소 집으로 향하는 우리의 걸음이 놀랍도록 가볍고 단순해질 수 있다. 우리가 가진 것은 이 세상을 교묘히 다룰 수 있는 힘이 아니다. 행복해지고 평화를 깨달을 수 있는 놀라운 힘이다. 다른 무엇보다 우선시해야 하는 위대한 영적 지식이란 존재하지 않는다는 사실을 이해하는 것. 바로 여기에 하느님을 발견하는 비밀이 숨어 있다. 하느님의 존재를 느끼고 싶은 이는 누구라도 하느님의 존재를 느끼게 될 것이다.

하느님을 인식하기 위해 다른 사람들이 사용한 방법을 아는 것은 무의미하다. 언젠가는 저마다 최선의 방법을 알게 될 것이기 때문이다. 어떤 이는 명상을 통해서, 어떤 이는 전통적 형태의 기도를 통해서, 또 어떤 이는 봉사를 통해서 신의 존재를 느끼게 될 것이다. 마음을 들여다보며, '어찌하면 선함을 경험할 수 있을까? 원하는 사람이 되기 위해 오늘 어떤 노력을 해야 할까?' 하고 물을 때 어떻게 시작해야 할지를 어렴풋이나마 느끼게 될 것이다. 그것만으로도 충분하다.

하루에 하나씩 간단한 목표를 정하는 것도 좋은 방법이다. 하느님께서 우리를 바라보듯, 살아 있는 모든 것을 바라보기 위함이다. 목표를 기억하기 위해 특정한 시간을 정해 둘 수도 있다. 자동차 시동을 걸기 전이면 항상, 잠시 행동을 멈추는 연습을 해 보는 것도 좋다. 이러한 시도는 하루 중 실현 가능한 시간에 좀 더 긴 명상에 잠기는 것으로 이어질 수 있다. 그런 다음, 잠자리에 들기 직전, 하루를 내려놓는 시간을 가져 보라. 순수한 시각을 갖는데 아무런 도움이 되지 않는 무언가를 여전히 담아 두고 있던 마음을 그만 내려놓는 것이다.

자신만의 방법이나 계획, 특별한 영적 프로그램을 갖는 것은 매우 유용하다. 마음에서 시작하라. 마음을 깊이 응시하고, 느낌을 신뢰하라. 아는 것과 알게 될 것을 연습하라.

궁극적으로 알지 못하는 어떤 것을 배우기 위함이 아니다. 믿는 것과 함께 시작하기 위함이다. 우리가 믿는 것은 머지않아 우리를 하느님에게 이끌어 줄 것이다. 날마다 수행하기만 하면 가능한 일이다. 삶의 이런저런 환경들이 적당하게 변할 때까지 기다리지 마라. 가장 치명적인 실수를 범하지 마라. 환경이 제대로 모습을 갖추기만을 기다리며, 이미 수많은 시간을 허비하지 않았나? 그러니 하염없이 시작을 늦추지 마라. 세상에서 가장 훌륭하다 추앙받는 이들은 가장 어려운 환경 속에서 탄생했다. 그들은 절대 시작하기를 기다리지 않았다.

하느님의 평화를 느낄 때 우리가 느끼고 있는 것에 대한 의문은 생겨나지 않는다. 진정한 평화를 느낄 때는 그러한 사실을 깨닫지 못한다. 하지만 누군가를 판단할 때, '정당하게' 화를 내거나 이기적일 때, 마음이 이끄는 방향과 반대로 움직일 때, 우리는 엄청난 충격을 경험한다. 자신이나 다른 이에 대한 사소한 배신도 엄청난 결과를 초래한다. 신을 경험하지 않을 때, 우리의 인내심은 사라져 버리고 마는 것이다.

이 길을 걷기 위해 애쓰다 보면, 인생이 점점 수월하기커녕 오히려 점점 더 힘겹게 느껴질 때도 있을 것이다. 물론 정말 그런 일이 일어나는 것은 아니다. 그렇게 느껴질 뿐이다. 그동안 다른 상태를 경험해 온 까닭에 지금 영향을 미치는 것에서 벗어나려는 실수 때문이다.

경험하는 것들을 분석할 필요는 전혀 없다. 하느님의 평화를 느끼고 있는지 아닌지 궁금하다면 진정으로 평화를 느끼지 못하는 것이다. 누군가를 용서했는지 아닌지 궁금하다면, 용서하지 못한 것이다. 자아는 앞으로 나아갔는지 만을 판단한다. 그리고 오늘의 평화를 다른 날의 평화와 비교하기만 한다. 지금 행하는 일에 대한 물음의 답을 얻는 것은 곧 지금 이 순간 하느님을 거역하기로 결심하는 것과 다름없다. 낙담은 자아에 대한 사랑일 뿐이다. 하느님의 평화에 대한 대안으로 자아에게 의지하기 때문이다.

집으로 향하는 여정에서 생겨나는 또 다른 혼란스런 현상은 외적 어려움이 확실하게 완화된다는 것이다. 평화를 경험할 때 인간관계를 덜 필요로 하게 된다. 미래에 어떤 이들과 함께 해야 할지에 대해서도 혼란스러움을 덜 느끼게 된다. 결과적으로 오랫동안 지속된 인간관계의 문제가 해결될 수도 있다. 마찬가지로 평화를 구하는 일이 더욱 중요해지면 좀 더 평화로운 결정이 가능해진다. 금전적인 문제나 건강에 관련된 일들을 포함한 이런저런 상황들에 대해서 말이다. 따라서 장기적인 문제들 또한 해결될 수 있다.

하지만 무언가를 얻기 위해 마음이 쓰인다거나 육체적으로 무엇이 이상적인가에 대한 자아의 현재 견해가 정신적으로 얻어진 것의 일부임을 의미하지는 않는다. 인간관계, 금전, 건강에 대한 문제들이 더 악화되는 것처럼 보일지도 모른다. 상황이 아닌 하느님을 가장 중요하게 여기는 한, 표면적인 그림에 있어서의 이러한 변화들은 샛길조차 구성하지 못할 것이다.

우리의 가슴이 하느님에게 의지하고 오직 하느님만을 원한다 해도 세상에 대처하고 최선의 결정을 내려야 한다. 하지만 하루 중 특별한 시간에만, 특별한 상황 속에서만, 인생의 극히 제한된 부분 안에서만 수행을 한다면 헌신은 더 이상 의미를 갖지 못할 것이다. 모든 행동과 모든 결정은 영적인 수행이 될 것이다. 그리고 하느님과 함께 결정을 내리는 것. 바로 그것이 보상이 될 것이다.

이제 우리가 원할 수 있는 모든 것, 분명 우리 모두가 받을 수 있는 모든 것은, '당신과 함께 그곳에 한 걸음 더 가까워지는 것뿐'이다.

연민이 깃든 행동

사랑의 열매는 봉사다.
연민이 깃든 행동이다.

마더 테레사

마더 테레사
　　　　　　인도 캘커타에서 빈민과 병자, 고아와 죽어 가는 이들을 위해 헌신하며 세계
적으로 알려지게 되었다. 본명은 아그네스 보야지우이며, 지금은 마케도니아 수도인 스코페에서
1910년 태어났다. 1928년 수녀의 길에 오른 뒤, 고등학교에서 20년간 교편을 잡았다. 1950년 캘커
타에 사랑의 선교회를 설립한 이후, 죽어 가는 이들과 가난한 이들을 돕기 위해 전 세계에 500개가
넘는 센터를 열었다. 1979년 노벨상을 수상했으며, 1997년 세상을 떠났다.

나에게 하느님과 연민은 하나의 의미다. 연민이란 나눔에서 기쁨을 얻는 것이다. 따뜻한 미소를 짓거나 시원한 물 한 잔을 건네거나 소박한 친절을 베푸는 것이다. 이렇듯 사랑에서 비롯된 행동들을 실천에 옮기는 것이다.

　연민이란 고통받는 이들과 함께 나누고 이들을 이해하려 애쓰는 것이다. 그리고 나는 이것이 고통받는 이들에게 더없이 큰 힘이 된다고 믿고 있다. 나에게는 이것이 예수님의 입맞춤과도 같다. 또한 예수님에게 가까워져 그분의 수난을 함께 나누려는 표시로 느껴진다.

　연민을 품지 못하도록 우리를 막아서는 것은 부질없는 자존심과 이기심, 그리고 냉정함뿐이다. 마침내 하느님의 나라로 가는 날 우리는 서로에게 어떠한 존재였으며, 서로를 위해 어떤 일을 행했으며, 그 안에 사랑이 얼마나 깃들어 있었는지에 대해 심판 받게 될 것이다. 중요한 것은 얼마나 많이 주었느냐가 아니다. 그 행동 안에 얼마나 많은 사랑을 담았느냐 하는 것이다. 바로, 연민이 깃든 행동이다.

종교의 중심에는 신에 대한 우리의 사랑이 자리 잡고 있다. 어려움에 처한 이들을 위해 인도 캘커타와 전 세계에 만들어진 집에는 언제나 수많은 사람들이 온다. 다양한 종교적 배경을 지닌 수많은 자원봉사자들이 밤낮없이 땀을 흘린다. 모두가 한마음으로 기꺼이 도움의 손길을 내민다. 종교란 신에게 더욱 가까워질 수 있도록 우리를 돕는 것이다. 우리를 갈라놓는 것이 아니다. 진정한 종교라면 말이다. 그렇지 않은가? 모든 신은 우리의 사랑을 진정으로 바란다. 그분에 대한 우리의 사랑을 보여 드릴 방법은 다른 이를 위해 봉사하는 것뿐이다.

묵상의 삶이 어찌 연민이 깃든 행동과 하나가 될까 의문을 품을지도 모른다. 이를 가능하게 만드는 것은 신과의 합일이다.

예수님은 말씀하셨다.

"너희가 내 형제들인 이 가장 작은이들 가운데 한 사람에게 해 준 것이 바로 나에게 해 준 것이다."

모든 일을 그분을 위해서 행한다면, 여러분은 세상 한가운데에서 묵상을 할 때도 행동할 수 있을 것이다. 세상으로부터 완전히 동떨어져 묵상의 삶을 살아갈 수도 있다. 그렇게 기도와 희생의 삶을 살아갈 수도 있다. 하지만 세상 밖으로 나와 세상 한가운데서 묵상을 할 수도 있다.

우리는 기도해야 한다. 고통스러울 때까지 나눌 수 있게 해 달라고 간절하게 청해야 한다. 더 많이 가질수록, 더 적게 나누는 듯하다. 그러니 더 적게 가질수록, 더 많이 나눌 수 있을 것이다.

우리는 임종을 앞둔 이를 위한 집, 나병 환자를 위한 집, 아이들을 위한 집, 가난한 이들 가운데 가장 가난한 이를 위한 집, 그리고 에이즈로 고통받는 이들을 위한 집을 마련했다. 그곳에서 살아가는 이들에게 가장 필요한 것은 음식과 옷과 의약품과 따뜻한 사랑과 배려이다.

오늘을 살아가는 이들에게 전하고자 하는 나의 메시지는 아주 단순한 것이다. 신께서 우리 하나하나를 사랑하시듯, 우리는 서로 사랑해야 한다. 사랑하기 위해서는 깨끗한 마음을 가져야 한다. 기도는 깨끗한 마음을 선물한다. 기도의 열매는 믿음의 성숙이며, 믿음의 열매는 사랑이다. 또한 그 사랑의 열매는 봉사이다. 연민이 깃든 행동이다.

종교의 중심에 자리 잡고 있는 것은 신에 대한 우리의 사랑이다. 우리 모두는 오직 사랑하고 사랑받기 위해 창조되었기 때문이다.

수많은 분들이 이 책을 위해 주옥같은 글을 기꺼이 내주었다. 그리하여 신에 대한 우리의 경험이 끊임없이 전개되는 하나의 과정이라는 이해를 함께 나눌 수 있었다. 우리는 날마다 믿음과 행동 속에서 신과의 관계를 새롭게 창조해 간다. 그것은 자신이 깨끗해지는 것을 허락함과 동시에 인생의 모든 경험 속에 투영된 신을 만나는 과정이기도 하다. 어떤 이는 하나의 커다란 계기로 말미암아 영적인 통찰력을 얻게 된다. 어떤 이는 평생을 두고 천천히 눈떠 가기도 한다. 어떤 경우든 모든 활동과 모든 소통과 모든 모험을 통해 우리는 신과 자신의 관계를 재확인하게 된다.

귀 기울일 수 있을 만큼 고요할 때, 그리고 눈앞에 존재하는 아름다움을 향해 마음을 열 때, 주변의 모든 것에서 신을 발견하게 된다. 신은 절대 변하지 않는다. 신을 이해하는 우리의 마음이 변할 뿐이다. 어린 아이의 해맑은 웃음 속에서도 아름다운 석양 속에서도 우리는 신의 모습을 볼 수 있다. 주변에 존재하는 모든 것 뿐만 아니라, 우리 안의 모든 것 또한 신을 투영하는 거울이 된다.

신이란 우리와 동떨어진 존재가 아니다. 우리의 일부다. 신이란 항상 존재하므로 '찾아야할' 필요가 없다. 그보다는 신을 경험할 수 없도록 가로막는 방해물을 치우는 편이 훨씬 낫다. 신이 존재하지 않는 시간과 장소는 없다. 우리가 신의 존재를 인식하지 못하는 시간과 장소가 있을 뿐이다. 내면과 주변을 응시하면, 언제 어디서든 신을 발견할 수 있다.

신을 받아들이는 것. 그것은 주변에 존재하는 모든 삶의 모습뿐만 아니라, 자신을 받아들이는 행동이다. 이를 위해 최선을 다할 때, 저마다 자신의 진실을 발견하게 될 것이다. 신을 받아들이기 위해 연구를 해야 할 필요는 없다. 신의 존재가 이미 우리와 함께하는 까닭이다. 이 책의 저자들은 친절, 일, 사랑, 연민, 겸손, 기도, 일치, 그리고 감사를 통해 신을 받아들일 수 있다고 말한다. 신을 가장 잘 받아들이기 위해 특별한 시간이나 장소를 기다릴 필요는 없다. 자신의 삶 속에 신이 들어올 수 있는 공간을 만드는 것으로 족하다. 교회나 사원뿐만이 아니라, 작은 꽃 한 송이에도 신은 자리한다. 두려움이나 교리, 보상 때문에 신을 받아들일 필요도 없다. 중요한 것은 신성이 우리의 일부이며, 우리가 신성의 일부임을 깨닫는 것이다. 모든 행동이 기도가 되며, 우리를 통해 언제나 신이 존재한다는 사실을 깨닫는 것이다.

어떤 이는 '하느님'이라 부르고, 어떤 이는 '본성'이나 '진리'라고 부르며, 어떤 이는 '위대한 영혼'이라 부르는 것을 발견하는 길은 수없이 많다. 이 책의 저자들은 내적 경험을 통한 탐구를 가장 좋은 방법으로 꼽는다. 신을 발견하기 위한 도구는 모든 순간에 별처럼 반짝인다. 유념의 마음으로 자리하고, 가슴을 열고, 자신을 둘러싼 벽을 허물고, 감각과 감정을 일깨우면, 우리를 위해 언제나 존재해 왔던 진실과 신성을 발견할 수 있다. 저마다 다른 길의 끝에서 답을 찾게 될 것이다. 하지만 신의 경이로움과 아름다움을 발견하기 위해서는 모두가 마음의 눈을 크게 뜨고 있어야 한다. 시간이 가면서 신에 대한 이해가 인간에 대한 이해로 이어질 것이다. 나와는 다른 문화와 사람들까지 아우를 수 있게 될 것이다. 그렇게 저마다의 길을 걷다가 문득 깨닫게 될 것이다. 신을 발견하고, 진리를 발견하고, 자신을 발견하는 것. 이것이 바로 우리가 이 세상에 온 이유라는 사실을.

리처드 칼슨 · 벤저민 실드

원고를 넘기고 주변을 돌아보니 온통 희뿌옇다. 어느새 먼지가 쌓인 것이다. 절로 고개가 내둘러진다. 이 많은 먼지가 도대체 어디서 온 것일까. 물걸레며 마른걸레를 들고 수선을 떤 게 불과 며칠 전인데 말이다.

이리저리 궁리를 해 본다. 원고 마감한다며 게으름을 피운 덕에 내 몸이며 옷가지며 이불에서 떨어져 내린 허물들일까? 아무리 그렇다고 해도 이건 좀 심하다. 그러고 보니 요즘 부쩍 먼지가 많아진 것도 같다. 그렇다면 아무래도 원인은 밖에 있을 확률이 높다. 집 앞 아파트 공사 현장으로 눈길이 간다. 얼른 자리를 털고 일어선다. 기지개를 한 번 켜고 창문을 연다. 창틀에도, 역시 먼지다. 문득 며칠 전에 불었던 황사가 떠오른다. 요즘에는 계절을 가리지 않고 황사가 분다. 그러니 우리 집 구석구석을 차지한 먼지들 중에는 멀고 먼 땅에서 날아온 녀석도 있을 것이 분명하다.

며칠 동안 꼼짝 않고 자판만 치느라 뻣뻣해진 어깨로 걸레질을 하려니 괜히 부아가 난다. 더구나 전부 나에게서 비롯된 먼지도 아니지 않은가. 억울한 마음이 불쑥 고개를 든다. 그래도 오늘 밤 기분 좋게 저녁을 먹고 포근하게 잠들 생각을 하며 마음을 달랜다. 먼저 이불을 털고, 창틀을 닦고, 구석구석 쓸어낸다. 팔뚝을 걷어 부치고 물걸레를 빨아 가며 마지막

한 톨의 먼지까지 말끔하게 제거한다. 오랜만에 땀을 흘려서일까, 시원하게 세수까지 하고 나니 머리가 맑아진다. 집 안을 한 번 죽 둘러본다. 다시 며칠 전과 같은 모습으로 돌아갔다. 그렇지, 바로 이거지. 그러다 문득 고개를 끄덕인다. 그렇지, 우리네 삶도 꼭 이렇지.

그야말로 눈 깜박할 사이에, 우리 인생에도 먼지가 쌓인다. 그걸 모른 채 가슴이 답답해 한 숨이라도 쉬고 심호흡이라도 할라치면, 목으로 코로 들어간 먼지 때문에 기침이 나고 가슴이 아픈 것이다. 삼겹살에 소주 한 잔 털어 넣어도 여전히 목이 칼칼하고, 얼른 알약 한 알 삼켜도 으슬으슬한 몸이 여전하다면 영락없다. 우리의 마음에, 먼지가 쌓인 것이다.

물론, 모두가 나에게서 비롯된 먼지는 아닐 것이다. 모두가 나의 허물은 아닐 것이다. 그래서 땀까지 흘려가며 닦아 내자면 괜히 억울한 마음도 들 것이다. 그래도 닦아 내고 또 닦아 내야 한다. 자신의 맑은 마음과 마주할 수 있어야 한다. 그렇게 하지 않으면 먼지에 가려진 시선으로 세상을 바라보면, 모두가 희뿌옇게만 느껴질 테니까. 김이 모락모락 나는 행복한 밥상도, 생각만 해도 가슴이 따뜻해지는 꿈도, 파란 하늘도, 노란 꽃도, 모두 먼지에 가려져 알아볼 수 없을 테니까. 지금 이 순간에 존재하는 소중한 모든 것들을 못 보고 그냥 지나쳐 버릴 테니까. 그러면 우리도 지금 이 순간에 진정으로 존재할 수 없을 테니까.

어찌 이리도 기특한 생각이 들었을까 갸웃거리다, 다시 한 번 고개를 끄덕인다. 그동안 참으로 소중한 수업을 들었기 때문이 아닐까. 훌륭한 스승을 만나고, 그들의 인생을 만나고, 아름다운 마음을 만났기 때문이 아닐까. 이제 모두 함께 그분들의 명강의를 들을 수 있게 된다니 가슴이 설렌다.

모두가 맑은 눈으로 바라볼 수만 있다면 오늘 하루는 또 얼마나 따뜻할까.

2010년 6월 신혜경

엮은이 리처드 칼슨

리처드 칼슨은 국내에서도 널리 알려진 『사소한 것에 목숨걸지 마라』를 포함한 베스트셀러 20여 권을 쓴 작가이자 심리학 박사이다. 그의 저서는 전 세계적으로 2,600만 부 이상 판매되었다.

스트레스를 덜 받고 행복하게 사는 법을 가르치는 심리 치료사로 활동했으며, 〈오프라 윈프리쇼〉, 〈투데이쇼〉 등 유명 TV 프로그램의 단골손님으로 초대되어 행복을 위한 강의를 했다. 저서로는 『마음혁명, 생각의 집착을 끊어라』, 『사소한 것에 관한 큰 책』, 『리처드 칼슨의 행복의 원칙』 등이 있다. 2006년 폐색전으로 세상을 떠났다.

엮은이 벤저민 실드

벤저민 실드는 심리 치유 및 정신에 관한 수많은 글을 써 온 교육자이자 연사, 심리치료사이다. 리처드 칼슨과 여러 권의 책을 함께 냈다. 현재 캘리포니아 산타모니카에 살고 있다.

옮긴이 신혜경

이화여자대학교를 졸업하고, 현재 전문번역가로 활동하고 있다. 옮긴 책으로는 『사람은 언제쯤 다시 숲으로 돌아갈까』, 『이것 또한 지나가리라』, 『이 순간 내 곁에 있는 당신을 사랑합니다』, 『천사의 편지』, 『진짜가 된 헝겊토끼』, 『사소한 것에 목숨걸지 마라—직장인 편 』, 『행복한 수고』, 『친밀함』 등이 있다.